文化、制度、种族：
格雷厄姆·格林后期政治小说研究

夏宗霞 著

九州出版社
JIUZHOUPRESS

图书在版编目（CIP）数据

文化、制度、种族：格雷厄姆·格林后期政治小说
研究 / 夏宗霞著. -- 北京：九州出版社，2021.10
　　ISBN 978-7-5108-7175-7

　　Ⅰ．①文… Ⅱ．①夏… Ⅲ．①格雷厄姆·格林（
Graham Greene 1904－1991）－小说研究 Ⅳ．①I561.074

中国版本图书馆 CIP 数据核字（2021）第 197128 号

文化、制度、种族：格雷厄姆·格林后期政治小说研究

作　者	夏宗霞　著
责任编辑	陈丹青
出版发行	九州出版社
地　址	北京市西城区阜外大街甲 35 号（100037）
发行电话	（010）68992190/3/5/6
网　址	www.jiuzhoupress.com
印　刷	三河市嵩川印刷有限公司
开　本	787 毫米×1092 毫米　16 开
印　张	8
字　数	143 千字
版　次	2022 年 3 月第 1 版
印　次	2022 年 3 月第 1 次印刷
书　号	ISBN 978-7-5108-7175-7
定　价	38.00 元

前　言

　　格雷厄姆·格林(Graham Greene，1904－1991)的小说按主题分为前期政治小说、中期宗教小说和后期政治小说三个时期。中期宗教小说让格林声名鹊起，也因此被称为"天主教作家"。鉴于此，评论家多从宗教的视角分析格林的作品。但格林后期的政治小说涉及的地域更宽广，从亚洲、拉丁美洲延伸到非洲；传递的思想也更为深刻，细致描绘了后殖民地时期第三世界国家人民的生存状态，谴责第一世界国家对第三世界国家的剥削和压榨。但迄今为止，有关他后期政治小说的研究成果较少，研究内容和研究方法有待拓宽和丰富。

　　本书选取格林后期四部作品《沉静的美国人》(*The Quiet American*，1955)、《喜剧演员》(*The Comedians*，1966)、《名誉领事》(*The Honorary Consul*，1973)和《人性的因素》(*The Human Factor*，1978)为研究对象。这四部作品较为全面地再现了作家二十多年的创作生涯和对第三世界国家的关注。本书借助后殖民理论和政治学中暴力等概念，力图深入挖掘格林后期政治小说中的暴力主题，并从中归纳出文化暴力、制度化暴力和种族暴力三种暴力主题。这三种暴力主题揭露了第一世界国家对第三世界人民的戕害和由此造成的生存困境。面对这三种暴力，格林在作品中提出了拯救方法，反映了他对亚非拉第三世界人民的同情和出路的思考。

　　本书分别从文化暴力、制度化暴力和种族暴力三个方面探讨格林的四部政治小说。除绪论和结语外，全书共分三章。

　　第一章主要探讨《沉静的美国人》中帝国主义国家对殖民地的文化暴力。作品指出，在帝国扩张的过程中，文化暴力扮演了不可或缺的角色。为了让公众接受帝国主义统治阶级的思想，美国政府充分利用了新闻宣传和学校教育两种主要方式，同时控制或剥夺殖民地民族的语言，推行殖民者的语言。这些方式是实施文化暴力的重要手段。派尔在学校教育的塑造下，成为一个文化暴力的牺牲品。傅勒面对文化暴力，经历了从疏离到介入的过程。但杀死派尔后，傅勒又陷入自我谴责，这是因为他有矛盾的殖民意识：既有反殖民意识，也有亲殖民意识。

第二章主要分析《喜剧演员》和《名誉领事》中的制度化暴力。制度化暴力既表现为拉丁美洲独裁者的独裁统治，也表现在帝国主义国家对拉丁美洲的经济掠夺上。为了摆脱制度化暴力，拉丁美洲人民奋起反抗，试图以暴抗暴，但反抗都以失败告终。作者暗示仅靠武力以暴抗暴是不够的，更重要的是从思想方面唤起人民的觉醒。在《喜剧演员》中首次出现解放神学思潮，随后在《名誉领事》中得到进一步展现。

第三章主要探讨《人性的因素》中的种族暴力。由于白人和黑人两个不同种族间的肤色、语言等差异，导致白人对黑人的歧视和压迫，即所谓的种族暴力。无论是白人还是黑人，都成为种族暴力的受害者。白人殖民者对黑人被殖民者的压迫体现在政治、经济、教育等多个方面。种族暴力给黑人造成极大的心理恐惧，具体体现为萨拉和萨姆的噩梦、萨姆的恐惧心和仇恨心、"名誉黑人"卡萨尔对白人的恐惧。为了抵抗白人和黑人之间的种族暴力，本书运用了弗洛姆的爱的理论和卡萨尔的以爱的名义的理论进行分析，探索消除种族暴力的途径。

结论指出，通过对格雷厄姆·格林后期政治小说的暴力书写，谴责了后殖民时期，文化暴力、制度化暴力和种族暴力背后的帝国主义国家对殖民地国家的武装侵略和经济掠夺。格林通过对不同暴力斗争类型的勾画，让人们重新认识后殖民时期第一世界对第三世界的争夺和支配。第三世界奋起反抗，以暴抗暴。每部小说黯然的结尾和对暴力的消解和解构，说明了拯救之路的漫长和艰巨。

目　　录

绪　　论

格雷厄姆·格林(Graham Greene,1904—1991)是英国当代著名作家、剧作家和文学评论家。他的作品探讨了现代社会中的宗教与政治问题,擅长将严肃的文学性话语与通俗性话语进行结合。格林曾获得霍桑登文学奖、布莱克纪念奖、天主教奖,曾经21次被提名为诺贝尔文学奖候选人,并被授予英国功绩勋章和皇家荣誉勋爵封号。其著作丰富,包括26部长篇小说、4部游记、6部剧作、3部自传、4部童书、数本短篇小说集,以及诗集、评论、报道等,作品被翻译成65种语言。评论家欧普莱赞(Paul O'Prey)赞誉格林:把艺术的复杂、技巧和受读者欢迎的程度完美地结合起来。[①] 格林是"二十世纪的产物和代言人——从一战结束到苏联解体。"[②]

一、格雷厄姆·格林的创作生涯

格雷厄姆·格林(Graham Greene,1904—1991)出生于伦敦西北赫特福特郡的伯克汉姆斯德一个中产阶级家庭。中产阶级的出身和父母双方良好的家庭背景让格林的童年时代无忧无虑。但自从格林踏入寄宿学校的大门,他的生活就被分割成两个截然不同的世界:一个是幸福无忧的家庭生活,一个是充满焦虑和欺骗的学校生活。这两个世界被父亲书斋外过道的毛毡门分开,"我生活在两个世界里",格林回忆说,周一到周五在毛毡门一边陌生的世界里,周末在毛毡门的另一边熟稔的世界里,"生活在边界上,只可能是不平静的"[③]。这是格林挣扎在两个不同世界的开始。格林走上创作之路得益于他童年的经历和阅读。14岁时,当阅读《米兰的吸血鬼》时,格林意识到写作是他将要从事的职业。格林经常阅读冒险故事,这

---

① Paul O'Prey,*A Reader'sk Guide to Graham Greene*(New York:Thames and Hudson,1988),introduction:7.

② Robert L Gale,*Characters and Plots in the Fiction of Graham Greene*(McFarland & Co.,2006).

③ 格雷厄姆·格林:《另一个墨西哥》,纽约:维京出版社,1968,第2页。

些故事对他影响深远。从牛津大学的贝利奥尔学院毕业后,他先后在《诺丁汉日报》和《泰晤士报》担任副编。格林因其第四部小说《斯坦布尔列车》而声名鹊起。22 岁时,为和女友的信仰保持一致,格林在 1926 年皈依天主教,这一事件对他以后的创作产生了重要影响:12 年后,即 1938 年在他战前最好的小说《布莱顿硬糖》中出现宗教元素。① 格林认为到"1937 年,使用天主教人物的时机已经成熟"②,此时他连续创作了五部有关天主教的小说,被人们称为天主教小说家。皈依天主教对他的创作生涯起到了巨大作用,评论家约翰·斯珀林说:"如果没有天主教,人们对他的小说的评价就不那么高了。"③

从 20 世纪 30 年代起,格林开始对去国外旅游表现出兴趣。他曾经说过:"我旅行是我要亲临现场,我不能杜撰。"1935 年,他穿越利比亚,回国后写成《没有地图的旅行》。1938 年他探访墨西哥,报道当地的宗教迫害,写出了游记《无法无天的道路》,1940 年他又在此经历的基础上写成了他最出色的小说《权力与荣耀》。1941 年,他为英国情报部工作并被派驻塞拉利昂。这段经历产生了他以西非为背景的小说《问题的核心》。1944 年回国后,其直接上司基姆·菲尔比揭发他秘密替俄国人服务。1944 年 6 月,格林辞掉间谍工作。后来菲尔比叛逃到苏联,这给他创作《人性的因素》以灵感。

"对于我来说,50 年代是一个动荡不安的时期。"④50 年代是格林阵发性躁郁症最严重的时期,这和他信仰的迷失有关,也有情感的纠结在内。这在《精疲力竭的病例》中有确切的描写。在对天主教的怀疑中,格林的兴趣由宗教转向政治。《沉静的美国人》是这一转型后的第一部政治小说。战后格林任《泰晤士报》驻外记者,足迹遍及亚、非、拉的政治热点地区,这些经历成为他日后小说创作的重要素材。同时,格林继续非正式地为英国军情六处服务了多年,广泛的旅行见闻也成为其小说的重要素材。

格林的文学生涯起步较早,始于 20 世纪 20 年代末,成名于 30 年代;从 30 年代一直到 80 年代末共持续六十多年。他的小说按内容分为三个时期:

早期政治小说(指从格林开始创作到 1938 年)、中期 4 部宗教小说(也称宗教四部曲:《布莱顿硬糖》《权力与荣耀》《问题的核心》和《恋情的终结》,时间跨度从

---

① Bernard Bergonzi, *Wartime and Aftermath:English Literature and its Background* 1939－60(Oxford:Oxford UP,1993),P10.

② Graham Greene,*Ways of Escape*(New York:Simon and Schuster,1980),P78.

③ 转引自布赖恩·阿普尔亚德:"格林面面观,"何作译,文化译丛,1990 年第 4 期,16 页。

④ 格雷厄姆·格林:《逃避之路》,黄勇民译,上海:上海译文出版社,2014,第 158 页。

1938 年到 1951 年)和后期政治小说(是指 1955 年之后发表的作品)。

政治小说的概念是斯皮尔(Morris Edmund Speare)在《政治小说:在英国和美国的发展》一书中提出的,"(政治小说)是散文小说的作品,倾向于'想法'而不是'感情';涉及制定法律的机器或公共行为的理论,而不是任何给定法规的特点;作家写作的主要目的是政党宣传、公共改革;或阐述供养政府的要人的生活,或阐述组成政府的力量。在这种阐述下,客厅经常被用作展示政治内在生活的媒介。"[①]自 1924 年这个概念被正式提出后,政治小说和对政治小说的评论不断涌现。"左派评论家"欧文·豪将政治小说定义为"在小说中,政治思想占主导地位或政治环境是主要的背景。"[②]格林前期小说以二战即将爆发的三十年代为背景,后期小说以二战后生活在冷战阴影中的社会现实为背景,特别是后期小说,展现的范围更加宽广:从英国扩展到非洲、东南亚和拉丁美洲,揭示了冷战阴影下人们的生存状态,传达了格林的政治观:"反(美国的)帝国主义和(苏联的)极权主义;争取人权,特别是本民族自我决定的权利。"[③]格林的小说表达了政治的诉求。

政治与文学之间总是有着剪不断、理还乱的关系。奥威尔认为:"没有一本书是能够真正做到脱离政治倾向的。有人认为艺术应该脱离政治,这种意见本身就是一种政治态度。"[④]詹姆逊把政治视角:"作为一切阅读和一切阐释的绝对视域"。[⑤]詹姆逊坚持认为,无论从任何批评角度出发,文学阐释都首先并且最终是政治和"社会象征行为"。[⑥]伊格尔顿提出:"文学是意识形态,和社会权力有直接联系";"一切批评都是政治的。"[⑦]也就是说:文学是意识形态的一部分,它具有一定的政治色彩。[⑧]伊格尔顿强调文学与意识形态的关系,试图揭示文学中隐藏的、自身不能表达的社会现实和社会矛盾。[⑨]格林的小说充满了暴力,政治"事关生死",不可忽略。

①　Morris Edmund Speare, *The Political Novel: Its Development in England and In America*. New York(Oxford University Press,1924:introductory Remarks),ix.

②　Irving Howe, *Politics and the Novel*(New York:Meridian,1987),17.

③　R. H. Miller, *Understanding Graham Greene*(Columbia, SC: University of South Carolina Press,1990),101.

④　奥威尔:《我为什么要写作》,董乐山译,上海:上海译文出版社,2011,第 133 页。

⑤　Frederic Jameson. *The Political Unconsciousness*. London and New York:Routledge,1983:1.

⑥　朱刚:《二十世纪西方文论》,北京:北京大学出版社,2006,第 125 页。

⑦　Terry Angleton, *Literary Theory: An Introduction*(Oxford:Basil Blackwell,1985),22.

⑧　Terry Angleton, *Literary Theory: An Introduction*(Oxford:Basil Blackwell,1985),3.

⑨　朱刚:《二十世纪西方文论》,北京:北京大学出版社,2006 年,第 102 页。

按照格林本人的观点,政治并不是他小说中的新因素。"自 1933 年起,政治在我的小说中占有的分量越来越重。"①格林认为他的写作始于政治小说,慢慢转向宗教小说,最终又回归政治小说。"在我的天主教小说之前和之后都是政治小说。《那是战场》和《英格兰造就了我》是政治小说。我在寻找我的路。甚至早期的惊悚片是政治性的:《机密间谍》的背景是西班牙内战,《沉静的美国人》和《喜剧演员》是政治小说。"②

格林早期的政治小说包括《斯坦布尔列车》(1932)、《这就是战场》(1934)、《英国造就了我》(1935)和《待售的枪》(1936)等。《斯坦布尔列车》是格林前期第一部表现政治题材的小说。故事发生在从奥斯登到伊斯坦布尔的快车上,流亡的信仰共产主义的革命者兹奈尔回到自己的祖国领导起义。他空有革命热情,却被出卖给法西斯分子。《这就是战场》记述了在一次政治骚乱中,共产党员吉姆·德罗佛因故将一警察打伤致死后受到的不公正待遇。《英国造就了我》描述一个瑞典工业巨头克罗发家的经历和劳资双方的矛盾。《待售的枪》讲述一个名叫雷文的杀手受雇于一家军火商,去行刺欧洲某国部长后,被追捕的经历。格林前期政治小说的视野比较狭窄,人物刻画比较单一,作者对小说中的人物过度控制,人物像是漫画中的卡通人物。小说的背景虽在英国以外的地方,但给人一种不真实的感觉。

格林后期政治小说包括《沉静的美国人》《喜剧演员》《名誉领事》《人性的因素》等。《沉静的美国人》以后殖民初期的法越战争为背景,展示第三世界的解殖民过程;美国不希望越南倒向苏联,所以给法国提供经济支援,并派遣特工到越南。《喜剧演员》和《名誉领事》再现拉丁美洲各国虽然在政治上取得独立,但在经济上仍然受制于第一世界,并没有取得实际意义上的独立,依然在各个方面受制于美国等发达国家的控制。这时,解放神学在拉丁美洲悄然兴起。格林把解放神学作为解救拉丁美洲各国困境的出路。《人性的因素》谴责南非的种族隔离制度,描述了白人的施暴和黑人的被践踏。承认白人和黑人的种族差异,寻求种族平等的救赎之路是爱。

对比格林前期和后期的政治小说,格林后期政治小说"伸向更广的问题,如帝国的丧失和新霸权的产生。"③二战后,英帝国开始解体。帝国的解体严重地削弱

---

① Graham Greene, Ways of Escape(New York: Simon and Schuster, 1980), Preface: 10.

② Henry J. Donaghy, ed, *Conversations with Graham Greene*(Jackson London: University Press of Mississippi, 1992), 79.

③ Maria Couto, *Graham Greene: On the Frontier: Politics and Religion in the Novels*(London: Macmillan Press, 1988), Introduction: 9.

了英国在世界上的实力和影响,英国在世界舞台上成了从属角色,帝国已经终结。英国不再是世界事务的中心,在苏美两极冷战中,英国只不过是一名旁观者。① 英国在世界事务中的主导作用已逐渐被美国取代,从20世纪40年代末到60年代,英镑贬值和英国国内的经济危机又进一步削弱了英国的整体国力。② 英国经历了漫长和痛苦的调整过程:从昔日称霸世界的"日不落帝国"到回归欧洲的二流国家,经受了难以治愈的经济困难,在文化上乏善可陈。③

格林创作后期政治小说和他在第三世界的游历有直接联系。战后,格林以在越南的经历创作了《沉静的美国人》。《沉静的美国人》出版后,格林把目光投向拉丁美洲的海地和巴拉圭。以在这两个国家的经历,创作了《喜剧演员》和《名誉领事》。格林在二战中曾在非洲做过间谍,比较了解当地的情况。以此为基础,创作了《人性的因素》。格林的作品忠实地刻画出时代的变化。格林的最大特点在于:"他总是极其敏锐而深入地反映了时代的风貌:题材之新颖、多样,范围之广阔、具体,笔触之生动,在当代英国作家中确实罕见。"④

虽然格林的政治小说触及动荡不安的第三世界国家的政治,但他害怕被称作"政治作家"。"当我处理政治题材时,我认为可称作政治作家;但政治是我们呼吸的空气,就像上帝的出场或缺场。"⑤格林认为"写作本身就是政治行为",写什么和为什么写代表了作者的价值取向。格林认为作家虽然不能铲除作恶多端的独裁者,但"作家并非像他自己常常感觉那样无能为力,笔像银弹,也能杀人。"⑥格林的创作不是为了达到政治目的,他的政治小说不是"政治目的"的产物。

格林的"足迹遍布世界五大洲,他的作品也就是世界各个角落的重大事件的记录","他笔下到那个大洲,那本书中就肯定充满了那个大洲的浓郁的气味和氛围。"⑦格林的作品不仅传达不同的"气味"和"氛围",还指出第三世界面临的挑战和应对的对策,如《沉静的美国人》劝美国人不要插手越南问题;面对《喜剧演员》和《名誉领事》中的制度化暴力,民族精英选择奋起抵抗,把解决制度化暴力的希望寄

① 伊·比·布兹:《第二次世界大战对英国文学的影响》,顾栋华译,《山东外语教学》,1986年1期。

② Randall Stevenson, *The Oxford English Literary History: The Last of England? 1960—2000*(Beijing: Foreign Language Teaching and Research Press, 2007), introduction: 3.

③ Bernard Bergonzi, *The Situation of the Novel*. London: Macmillan, 1979: 57.

④ 潘绍中:《格林短篇小说选》,北京:商务印书馆,1988年,第2页。

⑤ Marie—Francoise Allain, *The Other Man: Conversations with Graham Greene*(New York: Penguin, 1981), 87.

⑥ 格雷厄姆·格林:《逃避之路》,黄勇民译,上海:上海译文出版社,2014年,第309页。

⑦ 凯蒂:《话说格林》,北京:海豚出版社,2012年,第1、2页。

托于解放神学上;在《人性的因素》中,面对白人对黑人的种族暴力,传达出不同种族之间的爱是解决种族暴力的途径。

批评家对格林后期小说形成了两种截然相反的评价,既有否定其成就的,也有肯定其价值的。在持否定的意见中,桑德斯认为:"格林的后期那些更加拙劣、更加肤浅的政治小说,在协调妥协了的、肮脏的人们同正在妥协的、肮脏的地方协调一致方面,没有一部具有尖锐力量或取得成功的。"①承认受格林影响的泰维·洛奇(David Lodge)认为,格林的成就体现在中期宗教小说上:"他最好的小说受天主教神学的影响,"认为"40、50 年代,他可能是活着的英语小说家最著名和最受人尊敬的"②;"格林的宗教信仰,后来浮现在他小说的表面,这些小说被认为是他最好的小说。"③洛奇曾痛心格林转向政治写作,指出在后期政治小说中"在技术成就上,无可挑剔;但这些小说最终奇怪地差强人意,是因为这些小说捡起政治和哲学问题,并没有解决这些问题"。④ 甚至洛奇认为格林后期的创作是:"创造力从成就的顶峰逐步衰落的过程。"⑤格林的朋友雪莉·哈扎德也有类似的评价:"单纯的人类同情出现在后期作品里,就像年迈的名人做短暂的登台表演。"⑥和否定意见针锋相对的是肯定格林后期政治小说取得的成就,如评论家欧普指出:"在后期小说中,格林获得了更广的广度和更深的高度、更细腻和更圆滑,因为人物为自己讲话而不是为作者讲话,甚至在最极端的背景下,都有一种很强的现实感,提醒我们格林是一位有成就的记者和小说家。"⑦

二、国内外格林研究现状

(一)国外对格林的研究

如何界定格林和他取得的成就,评论家们的看法不尽相同。"格雷厄姆·格林是批评家和英国传统最难处理的当代英国小说家。他的作品从来都不是一成不变

---

① 安德鲁·桑德斯:《牛津简明英国文学史》,北京:人民文学出版社,2000 年,第 866 页。

② David Lodge,"Foreword". *Dangerous Edges of Graham Greene:Journeys with Saints and Sinners*. eds Dermont Gilvary and Darren Middleton(New York:Continuum,2011),Ⅺ.

③ David Lodge,*Graham Greene*(New York and London:Columbia University Press,1966),6.

④ 转引自 Lodge David:*The Practice of Writing*(London,1996),78—79.

⑤ Bernard Bergonzi,*A Study of Greene:Graham Greene and the Art of the Novel*(New York:Oxford University Press,2006),188.

⑥ Sherry Hazzard,*Greene on Capri*(London,2000),57—58.

⑦ Paul O'Prey,*A Reader's Guide to Graham Greene*(New York:Thames & Hudson,1988),8.

地使用单一的模式或形式。"①半个多世纪以来,格林被称为"批评家的绝望"。国外评论家给格林贴的"标签"可谓五花八门,称其为"伟大的艺术家、雇佣文人、一个詹森主义者、一个正统天主教徒、一个萨特式的存在主义者和一个文学托马斯主义者。"②从二十世纪六十年代,"无论在学术研究还是流行圈里,格林无疑是英国文学界处于领导地位的作家。"③最先对格林做出评论的是法国的批评家④,他们给予格林极高的评价。英国学者对格林的研究晚于法国批评家。⑤

国外对格林的研究,起步较早,研究资料丰富、研究角度宽广和研究手法多样,成果比较丰富。纵观国外对格林近半个世纪的研究,主要可归纳为以下两类:传记式批评研究和作品主题分析两个方面。

1.传记式批评研究

80 年代中后期,出现了对格林的文学传记的研究,也成为解读其作品的第一手资料。格林指定的传记作者诺曼·谢里(Norman Sherry)、迈克尔·谢尔登(Michael Sheldon)、安东尼·马克勒(Anthony Mockler)是其中的代表人物。诺曼·谢里三本厚厚的《格林传记》分别出版于 1989 年、1994 年和 2004 年,谢里重新走访了格林经过的地方,以丰富的资料展现了格林的人生轨迹和创作生涯,从正面描绘出一个站在时代前沿的文学家。谢尔登的《内心敌——格雷厄姆·格林》(*Graham Greene：The Man Within*,1994)与谢里的第二部格林传记几乎同时出版,但由于谢尔登笔下的格林是充满矛盾和欺骗的,颠覆了读者心中高大的形象,引起了不小的骚动。谢尔登认为格林是一个间谍,一个为了掩盖自己的间谍身份而写作,是个不喜欢任何政治、不喜欢任何国家的骗子。相比较谢里对格林的赞誉和谢尔登对格林的批判,马克勒的传记《格雷厄姆·格林:三种生活——小说家、探险家和间谍》(*Graham Greene：Three Lives—Novelist，Explorer，Spy*,1994)则抓

---

①　Malcolm Bradbury, *The Modern British Novel* 1878 － 20001(Beijing：Foreign Language Teaching and Research Press,2004),297.

②　Gregor Roy,Graham *Greene's The Power and the Glory and Other Works：A Critical Commentary* (New York：Monarch Press,1966),80.

③　A. F. Cassis, *Graham Greene：An Annotated Bibliography of Criticism* (London：The Scarecrow Press,1981),preface：vii.

④　See Jacques Madaule's *Graham Greene* (Paris：Editions du Temps Present,1949) and Paul Rostenne's *Graham Greene：temoin des temps tragiques* (Paris：Juilliard,1949).

⑤　Gregor Roy,*Graham Greene's The Power and the Glory and Other Works：A Critical Commentary* (New York：Monarch Press,1966),83.在英国最早评论格林的专著是 1951 年,比法国整整晚了两年。

住了格林的三重身份,给予了比较中肯的评论。

格林去世后,关于他的回忆录式的研究开始出现,包括维斯特(W. J. West)的《寻找格雷厄姆·格林》(*The Quest for Graham Greene*,1997),雪莉·哈扎德(Shirley Hazzard)的《在卡普里岛的格林》(*Greene on Capri*,2000),威廉·卡什(William Cash)的《第三个女人》(*The Third Woman*,2000),伊芙·克洛伊塔(Yvonne Cloetta)的《寻找开始:我和格雷厄姆·格林的生活》(*In Search of a Beginning:My Life with Graham Greene*,2004),杰里米·利维斯(Jeremy Lewis)的《格林的影子——一个英国家庭中的一代人》(*Shades of Greene:One Generation of an English Family*,2010),本纳得·迪得里希(Benard Diederich)的《小说的种子——格雷厄姆·格林在海地和中美洲的冒险》(*Seeds of Fiction:Graham Greene's Adventures in Haiti and Central America* 1954—1983,2012),皮科·耶尔(Pico Lyer)的《我脑子中的人》(*The Man within My Head*,2012)等。这些研究截取格林生活的某一段经历,从一个侧面来刻画格林。其中迪得里希的作品和格林的《喜剧演员》的创作结合得最为紧密,作者从格林在海地、巴拉圭、智利、古巴等国的旅行经历观望他小说主题创作的方向,认为格林是一位对拉美政治和人民都负有热情和同情的作家。

2.作品的主题分析

对格林的作品主题研究,成果较多,是有关格林研究的主要部分,主要分为宗教研究和政治研究两个方面。

对格林作品的主题研究,其第一个方面是宗教主题的研究。从 20 世纪 40 年代到 60 年代早期,格林连续出版五部天主教题材小说,获得了很大的声誉,因此大多数文学评论家将格林作为"天主教小说家"进行研究。这些研究从天主教的角度解释格林的作品,解读他对天主教从痴迷到徘徊犹豫的过程。从总体上看,在五六十年代,对格林宗教小说的研究主要集中在格林复杂的宗教观及其对创作的影响上。在研究格林的专著中经常会专门开辟一个章节探讨格林宗教信仰的变化及其对创作的影响,格林从英国国教皈依为天主教这一事件对格林的创作有决定性的影响。对天主教即痴迷又怀疑的态度伴随了格林的一生。当被贴上"天主教作家"的标签时,格林称自己是"天主教无神论者"。从天主教的角度阐释其作品,是有关格林评论中数量最多的。这一方面是因为格林是天主教徒,另一方面是因为作品的主题:"早期评论家宁可集中注意力于格林作品中罪孽与救赎的宗教主题,把格林认定归类于天主教作家。"①评论家主要从罪与恩典、圣人与罪人和罪的荣耀等方面加以论述。其中较有影响力的有：肯尼斯·阿洛特和法里斯(Kenneth Allott and Miriam Farris)合著的《格雷厄姆·格林的艺术》(*The Art of Graham Greene*, 1951)，这是第一部评论格林的专著，也是"迄今为止格林批评中最好的专著之一。"②这部专著揭示了弥漫在格林小说中的宗教感，但他们暗示宗教是格林作品中的一个方面。他们用"纠结"来定义格林的经典。这些"纠结"包括分裂的思想、堕落的世界和同情的主题。阿洛特和法里斯更喜欢处理格林的"纠结"，因为他们没有认识到宗教主题作为格林小说结构的重要性。玛丽·比阿特丽丝(Marie Beatrice Mesnet)的《格雷厄姆·格林和问题的核心》(*Graham Greene and the Heart of the Matter*, 1954)"只关注格林的宗教方面"③，首次把《布莱顿硬糖》《权力与荣耀》《问题的核心》归结为宗教三部曲，并指出"三部曲"的精神主题是关注救赎和罚入地狱等问题。"三部曲"的主人公是罪人，并因此而受到折磨。约翰·阿特金斯(John Atkins)的《格雷厄姆·格林：传记和文学研究》(*Graham Greene: A Biographical and Literary Study*, 1957)是时至今日仍有启发性的介绍性的研究。阿特金斯认为格林把原则和偏见归因于天主教信仰；他经常写天主教并把天主教信仰作为他作品的标准。④ 弗朗西斯·西温德姆(Francis Wydham)的《格雷厄姆·格林》(*Graham Greene*, 1977)分析了格林《名誉领事》的创作，指出善与恶的冲突、惩罚与救赎的挣扎是格林作品中永恒的主题。菲利普·斯特拉特福德(Philip Stratford)的《信仰和虚构：格林和莫多里克的创作过程》(*Faith and Fiction: Creative Process in Greene and Mauriac*, 1964)，从天主教的角度入手，比较了同是天主教徒的格林和对格林影响至深的法国作家莫里亚克；探讨天主教对两位小说家创作的影响，天主教为他们提供了主题和题材，也规约了他们的想象。

随着研究的深入，论文集相继出版。埃文斯和韦伯斯特(R. O. Evans and H. C. Webster)合编的《格雷厄姆·格林：关键考虑》(*Graham Greene: Some Critical Consideration*, 1963)是最早的一部论文集。这部论文集收入了十五篇论述格林创作的论文。这些论文主要论及格林中期创作的宗教小说，如《布莱顿硬糖》《权力与荣耀》《问题的核心》等。该论文集从天主教的角度分析格林中期的创作，把格林认

---

① 格雷厄姆·格林：《生活曾经这样》，陆谷孙译，上海：上海译文出版社，2012年，第202页。

② A. A De Vitis, *Graham Greene*(New York: Twayne Publishers, 1964), 192.

③ B. P. Lamba, *Graham Greene: His Mind and Art*(New York: Apt Books, 1987), Introduction: 3.

④ John Atkins, *Graham Greene*(London: Calder & Boyars, 1966), Preface to Second Edition: viii.

定为天主教作家。

20世纪70年代的格林宗教小说研究进入了全面发展的阶段。对格林宗教小说的态度基本分为三种:一种是以泰维·洛奇为代表,极力推崇天主教在格林创作中的重要作用,认为"格林的天主教给他的文学生涯以独特的视角,使他的艺术产生连贯性;没有天主教,他不会发展他独特的声音和文体。"[①]另一派的批评家否认格林天主教小说的价值,认为其宗教信仰的介入使其艺术创作趋向呆板的程式。还有一种比较中立的态度,认为格林的宗教小说还是有研究价值的。泰维·洛奇(David Lodge)认为格林是一个笃信"原罪"的作家,但其写作目的绝不是为了宣传宗教教义,而是从宗教的角度来审视人性。洛奇在《十字路口的小说家》(*The Novelist at the Crossroads*,1971)的第三部分"小说和天主教"中分析格林的创作时指出:"除了语言和民族上隶属于小说中那种世俗化的清教传统,格林还吸收了罗马天主教教义系统,并把它们置于其成熟之作的核心。"他认为格林小说故事的价值核心"常植根于天主教教义和信仰之上,奠基于那种有'原罪'存在、基督在圣餐中'真实临在'、奇迹在二十世纪还会出现等假定上。"[②]很多评论家暗示格林对罗马天主教的皈依损害了他的创作,但洛奇认为格林最好的小说是他的"宗教四部曲"。

海因斯(S. L. Hynes)主编的《格雷厄姆·格林:批评文集》(*Graham Greene: A Collection of Critical Essays*,1973)主要收集了名家眼中的格林,如奥登、伊芙林·沃、奥威尔等。海因斯在论文集的序言里对格林的创作做了综合评价。他分析格林作品中的宗教、政治、电影技巧在写作中的运用等,并指出格林小说的政治内容具有现代性。

20世纪八九十年代,大部分研究者在论述格林的宗教小说时,不再纯粹地讨论宗教内涵,而是将其放在当时的社会文化背景中,讨论其中揭示的社会文化元素。有关作家和作品的专著如雨后春笋,但宗教主题仍是其中的主要议题,仍是从罪与惩罚、人类的救赎等主题切入。研究者把《病毒发散的病例》归为天主教小说,该小说真实反映了格林对天主教幻灭的过程。其中较有影响的有:乔治·马加斯顿(George M. A. Gaston)的《追逐救赎:格雷厄姆·格林小说的批评指南》(*The Pursuit of Salvation: A Critical Guide to the Novels of Graham Greene*,1984),从主题阐释入手,解读格林对人类的救赎。罗杰·夏洛克(Roger Sharrock)的《圣

---

① David Lodge, *Graham Greene* (New York and London: Columbia University Press, 1966), 8.

② Ibid, 88.

人、罪人和喜剧演员：格雷厄姆·格林的小说》(*Saints，Sinners and Comedians*：*The Novels of Graham Greene*，1984)几乎涉及格林的全部小说。作者从追逐者与被追逐、怀疑与奇迹等宗教因素去分析格林的中期宗教小说。维蒂斯(A. A. De Vitis)的《格雷厄姆·格林，修订版》(*Graham Greene，Revised Edition*，1986)指出格林是"作为小说家的天主教徒"；并在比阿特丽丝提出"宗教三部曲"的基础上，把《恋情的终结》加入宗教主题，组成了"宗教四部曲"。维蒂斯阐释了宗教四部曲的"宏大主题"，"并试图解释格林使用宗教题材和宗教信仰的作用。既然宗教影响着他大多数作品，通过分析宗教在他小说的位置来追踪格林思想和艺术的发展。"[①]维蒂斯指出他的研究并不是为了界定格林的宗教信仰，而是为了评价天主教信仰在格林作品中的位置。兰巴(B. P. Lamba)的《格雷厄姆·格林：他的思想和艺术》(*Graham Greene：His Mind and Art*，1987)重点阐述了格林作品中的恶与罪、罪与救赎、罪与恩典等问题，以及格林对天主教的态度：最终的仁慈是人类唯一的希望。但同时他又指出："他的天主教并不是严格意义上教条的；缺少教义；但密切关注人类生活的视野；假定另外世界的现实和任何罪人希望获得的有效的恩典。"[②]同属于这一领域的研究成果还包括：萨尔瓦托雷(A. T. Salvatore)的《格林和克尔凯郭尔：信仰的话语》(*Greene and Kierkegaard：the Discourse of Belief*，1988)，怀特豪斯(J. C. Whitehouse)的《垂直的人：格雷厄姆·格林、西格丽·德温赛特、乔治·贝那诺斯天主教小说中的人类》(*Vertical Man：The Human Being in the Catholic Novels of Graham Greene，Sigrid Undset，and George Bernanos*，1990)。

　　进入21世纪，对格林宗教小说的研究进入新高潮。希尔(W. T. Hill)主编的《格雷厄姆·格林作品中的宗教信仰的见解》(*Perceptions of Religious Faith in the Works of Graham Greene*，2002)。马克·博斯克(Mark Bosco)在《格雷厄姆·格林的天主教想象》(*Graham Greene's Catholic Imagination*，2005)一书中详细分析了格林对天主教教义的应用和拓展，特别是解放神学在拉丁美洲的发展过程。威廉·托尔斯·希尔(W. T. Hill)的《没有上帝的孤独：格雷厄姆·格林堂吉诃德式的信仰之旅》(*Lonely Without God：Graham Greene's Quixotic Journey of Faith*，2008)和理查德(Visuvasam Richard)的《天主教四部曲》(*Graham Greene's Catholic Tetralogy*，2011)也分别从宗教的角度加以阐释。

---

① A. A De Vitis，*Graham Greene*(New York：Twayne Publishers，1964)，Preface.

② B. P. Lamba，*Graham Greene：His Mind and Art*(New York：Apt Books，1987)，Introduction：1—2.

德莫特和达伦·米德尔顿(Dermot Gilvary and Darren J. N. Middleton)合编的《格雷厄姆·格林危险的边缘：和圣人、罪人旅行》(*Dangerous Edges of Graham Greene: Journeys with Saints and Sinners*, 2011)的论文集的出版时间较新，前言由泰维·洛奇书写，后记由莫妮卡·阿里书写；论文最后收录的参考书目极具参考价值。该论文集比较了格林与康拉德、弗洛伊德、伊芙琳·沃、希区柯克、卓别林等人之间的相互影响和不同点，以及格林宗教观的进化过程；格林晚期的转变；并涉及格林的短篇小说和喜剧。该论文集比较全面地评价了格林的生活和文学艺术。

对格林作品的主题研究的第二个方面是政治主题。随着格林对天主教的怀疑和幻灭，小说的宗教主题慢慢淡化，政治主题逐渐凸显，评论界也开始转向评价格林的政治小说，以探讨格林的政治观。

20世纪40—60年代，开始注重对格林作品政治主题的研究，主要围绕其后期政治小说展开。最早解读格林作品中政治观的是乔治·伍德科克(George Woodcock)的《作家和政治》(*The Writer and Politics*, 1948)。他认为在格林作品中有对二十世纪政治气候的深刻意识。

接着是1967年安东尼·伯吉斯(Anthony Burgess)在《当代历史专刊》第2期第2号上发表的论文《格林小说中的政治》，以《沉静的美国人》和《喜剧演员》为例阐述格林的反美和亲共倾向；但同时又指出"对一个天主教徒，不可能真正偏袒一边。"[①]探究格林把目光投向海外的原因是"英国政治太狭隘。"[②]伯吉斯的论文第一次把研究格林的目光从宗教转向政治，在格林研究中是重要的一环。随着对拉丁美洲的访问，格林对拉丁美洲也经历了"从旅游到分析到争论的过程"，并最终在晚年，格林站在了拉丁美洲第三世界国家的一边。[③]本茨从四个方面阐述了格林对拉丁美洲政治的介入：宗教、政治、反美情绪和军国主义。在宗教方面，本茨指出在讨论格林的宗教观时，应考虑他的政治倾向。在政治方面，格林在寻找"带有人性面孔的社会主义"，这种社会主义允许持不同意见者的存在；反对右派统治，格林倾向左派政府。在反美情绪方面，他主要反对美国的外交政策对第三世界国家造成

---

① Anthony Burgess, "Politics in the Novels of Graham Greene", *Journal of Contemporary History*, Vol. 2, No. 2, (Apr., 1967), 96.

② Anthony Burgess, "Politics in the Novels of Graham Greene", *Journal of Contemporary History*, Vol. 2, No. 2, (Apr., 1967), 98.

③ Stephen Benz, "Taking Sides: Graham Greene and Latin America," *Journal of Modern Literature*, 26.2 (2003), 113.

危害的行动。在军国主义方面,格林笔下的瑟古拉大队长、恐卡萨上尉、佩来兹警长是穷凶极恶的代表,对他们的残暴有入木三分的刻画。

20 世纪 80 年代以后进入了对其政治主题研究的深入期,剖析更加深入和全面。最具影响的是玛利亚·库托(Maria Couto)的《格雷厄姆·格林:边界:小说中的宗教和政治》(*Graham Greene:On the Frontier:Politics and Religion in the Novels*,1988)。库托的专著是从宗教到政治的过渡:她认识到宗教和政治是其小说的基础,并以此追踪格林在当代热点问题上的视野的发展变化过程。该书通过剖析格林的小说、游记和发表在报纸上的言论,勾勒出格林复杂的政治观。

哈罗德·布鲁姆(Harold Bloom)主编的《格雷厄姆·格林:现代批评观点》(*Graham Greene:Modern Critical Views*,1987)收入了十篇论文。彼得·沃尔夫(Peter Wolfe)编辑的《格雷厄姆·格林的文章:年度评论》(*Essays in Graham Greene:an Annual Review*,1987)收录的十篇论文主要论述了格林后期小说的政治主题:格林小说创作中体现出的对美国的态度、后期格林、《我们在哈瓦那的人》中的模糊性和七十年代的格林批评。格林反美国的态度并不是逐步发展的,就像他的政治小说,是从一开始就埋下种子的:格林在《权力与荣耀》中着力刻画的是天真的雷尔兄妹,和《沉静的美国人》中的派尔、《喜剧演员》中的史密斯夫妇是一脉相承的;那个杀人越货的美国罪犯詹姆斯·卡尔弗是把美国和犯罪相连的雏形,这个形象在《第三个人》中的哈里·莱姆的身上得到延伸。格林对美国的态度是既爱又恨:格林总是同时创造美国"温和"和"恶棍"的两种面孔。

朱迪亚·亚当森(Judiaya Adamson)的《格雷厄姆·格林,危险的边缘:艺术和政治相遇》(*Graham Greene,The Dangerous Edge:Where Art and Politics Meet*,1990)指出,格林战后在世界各地"热点地区"的游历,为重要的报纸和杂志提供文章,但同时声称作家应摆脱政治隶属关系,文学不应为政治目的服务。作者通过勾勒格林创作生涯中作为"正确精准的观察者""介入并创作政治题材的作者"和"政治活动的参与者同时也是怀疑者"的三个阶段,聚焦了"格林政治观的发展"。①

塞德里克·瓦茨(Cedric Walts)在《格林引论》(*A Preface to Greene*,1996)中,勾画出格林的三个方面:第一,格林拒绝加入任何团体,他的政治忠诚随时间而动,就像洋葱的外皮一层一层累加起来。第二,格林在二战加入军情六处,为英国情报机构服务。虽然二战结束后,格林离开了军情六处,但关于格林是否是间谍的

---

① David Leon Higton,"A Review of Graham Greene:The Dangerous Edge",*MFS Modern Fiction Studies*,Vol. 37,No. 4(winter 1991),793−794.

讨论一直在延续。伊芙琳·沃怀疑格林的亲共产主义是虚张声势的做法,目的是为他的情报服务提供遮掩;另一种说法是认为格林坚定地支持共产主义,其特工身份是为欺骗情报部门为他的旅游买单。而瓦茨则认为真相有可能是两者的结合。第三是格林长时间抵触美国:他反对美国庸俗的物质主义和干涉国外的政策,特别批评中央情报局支持第三势力,推翻外国政府;在拉丁美洲,格林支持带有马克思主义倾向的政权和带有"左倾"倾向的政府。

盖茨·鲍德里奇(Cates Baldridge)的《格雷厄姆·格林的小说:极限的美德》(*Graham Greene's Fictions: The Virtues of Extremity*,2000)勾画出格林在五部小说中的思想变化过程:从宗教到政治的转型;并在最后一章阐述格林小说中的政治哲学:"三种思想体系有助于形成格林成熟的政治哲学观,基督教、自由主义和马克思主义。"①值得一提的是,鲍德里奇认为格林:"意欲设想天主教和马克思主义的某种可能的合成,"②在天主教和马克思主义中的"乌托邦"中寻求一种平衡,认定格林是"名义上的马克思主义者"。

本纳德·伯格茨(Bernard Bergonzi)的《格林研究:格雷厄姆·格林与小说艺术》(*A Study in Greene: Graham Greene and the Art of the Novel*,2006)全面勾勒出格林小说的发展轮廓。承认格林的小说从宗教到政治的转变,但认为在政治小说中,格林不像陀思妥耶夫斯基、康拉德甚至阿瑟·库斯勒那样严肃地对待政治问题。③

亚当·皮埃特(Adam Peitte)的《文学的冷战,1945 到越南》(*The Literary Cold War*,1945 *to Vietnam*,2009)探讨了格林的两部小说:《第三个人》和《沉静的美国人》;从《第三个人》中饱受战争蹂躏的欧洲到《沉静的美国人》中的共产主义起义的第三世界,揭示了一个事实:冷战真正的战场不再是欧洲,而是欧洲列强旧的殖民地归属问题;美国从欧洲列强手中接过全球责任。④

布莱恩·林赛·汤姆森(Brian Lindsay Thomson)在《格雷厄姆·格林和流行小说、电影的政治》(*Graham Greene and the Politics of* (*Popular Fiction and*

① Cates Baldrige,*Graham Greene's Fictions: The Virtues of Extremity*(Columbia and London: University of Missouri Press,2000),169.

② Cates Baldrige,*Graham Greene's Fictions: The Virtues of Extremity*(Columbia and London: University of Missouri Press,2000),170.

③ Bernard Bergonzi,*A Study in Greene: Graham Greene and the Art of the Novel*(New York: Oxford University Press,2006),157.

④ Adam Piette,*The Literary Cold War*,1945 *to Vietnam*(Edinburgh University Press,2009),152.

Film),2009)中指出,"格林的批评家并不怀疑他所有的作品中有政治维度;但很少有人考虑他作品的政治暗示。"①究其原因,可能是格林复杂的政治观和创作角度的多变性让批评家望而却步。

泰维·考特(David Caute)的《冷战时期的政治和小说》(*Politics and the Novel During the Cold War*,2010)阐释了格林的《沉静的美国人》。文章指出:"博勒代表欧洲帝国的疲惫,他友好的对手:年轻的美国派尔,体现了新世界的确信"。格林把"英法帝国的余晖变成畅销小说和高薪的新闻。"小说出版后,在美国、苏联引起轩然大波:美国因为小说中表现出的反美情绪,苏联认为是"非同寻常的事件"。②

综上所述,在西方对格林半个多世纪的批评上,对政治主题的研究主要集中在八九十年代,相比于对格林的宗教主题研究在时间长度、成果数量和学术深度上都明显逊色。这可能是由格林本人的创作特点、其政治小说的跨越性和时代性三方面决定。首先,格林的创作时间跨度长、作品题材广,某种程度上造成了研究方向的分散。并且,格林成名于40年代的天主教小说,因此相应地将天主教小说作为主要研究对象也在情理之中。其次,格林的政治小说背景地多在东亚、南非和拉丁美洲,在地域上的跨度非常大,小说中包括了大量背景地本土文化和跨文化的元素。因此,对第三世界的文化疏离感也成为西方批评家较少触及格林政治主题的原因之一。最后,格林以第三世界为背景的政治小说发表于50到70年代,经历了东西方冷战爆发、发展、焦灼的三个阶段。格林小说中对第三世界国家民众的同情、对美国对外政策的批判以及对第三世界革命的支持都让格林的作品处在敏感的位置上。因此,许多批评家避而不谈格林的政治小说。

2)国内格林研究成果

比起国外多角度的格林研究,国内的研究显得相对单一,可以用九个字概括:译介早、时间短、成果少。

就译介而言,虽然格林的政治小说代表作《沉静的美国人》在1957年就被刘梵如译成中文,但由于格林宗教作家的身份,被冷落了20多年。进入80年代后,迎来格林翻译的一次浪潮。从数量上看,共翻译了格林的15部小说:《沉静的美国

① Brian Lindsay Thomson,*Graham Greene and the Politics of Popular Fiction and Film*(Basingstoke and New York:Palgrave,2009),7.

② David Caute,*Politics and the Novel During the Cold War*(New Brunswick,N. J.:Transaction Publishers,2010),135-143.

人》《事情的真相》《喜剧演员》《麻风病人》《权力与荣耀》《名誉领事》《恋情的终结》《人性的因素》《哈瓦那特派员》《布莱顿硬糖》《一只出卖的枪》《东方快车》《恐怖部》《密使》《吉诃德大神父》《日内瓦的费医生或炸弹宴》和《输者赢得一切》。除翻译他的小说外,也翻译了格林的自传和回忆录:《我自己的世界:梦之日记》,《生活曾经这样》和《逃避之路》。对格林游记的翻译:《寻找一个角色:两部非洲日记》和《没有地图的旅行》。

我国对格林的研究时间较短,大致可分为两个阶段,20世纪八九十年代为研究初始阶段、21世纪是研究深入阶段。

上世纪八九十年代,国内对格林的研究主要围绕格林的生平和主要作品的介绍展开。如1980年发表在《读书》上的梅绍武先生所撰写的《格林和他的〈问题的核心〉》,是中国学者发表的关于格林小说的早期研究论文;这篇文章是傅惟慈翻译的《问题的核心》的"代序"。接着是张中载发表的《格雷厄姆及其作品》,指出格林的成功之处和不足。张中载的另一篇文章《格林的人性观——读〈日内瓦的费舍尔博士或炸弹宴〉》,用阶级分析的方法指出资产阶级的贪婪是造成悲剧的主要原因。何其莘的《格雷厄姆·格林》介绍了格林一生的创作,指出"格林既不是一个神学家,也不是一个哲学家,而是一个小说家,是一个善于把他的切身经历用文学形式奉献给读者的作家。"冯亦代的《格林的两部遗作》和《格林生前的最后一本书》,分别介绍了格林最后的几本著作:《一个我自己的世界:梦的日记》《格雷厄姆·格林的电影文选:评介,随笔,访问记及电影故事》和《最后的故事及其他短篇小说集》。余凤高的《创作动机:自我的皈依》指出格林的创作是对现实的一种逃避。韩加明的《格雷厄姆·格林研究综述》总结了至九十年代末国内对格林的研究情况,分析格林研究滞后的原因和未来的发展趋势。

进入新世纪,随着译林出版社和译文出版社相继推出《格林文集》,国内对格林小说的认识和研究又推进一步。根据已掌握的材料来看,自2000年至今已发表的各类格林研究期刊论文和学位论文近百篇。已有两篇博士论文,分别是薛浩的《圣徒与罪人的圣餐——格雷厄姆·格林小说中的宗教因素》(1999)和房岑的《绝境之美——格雷厄姆·格林的国际政治小说研究》(2014)。房岑的博士论文选取格林的《文静的美国人》《喜剧演员》《名誉领事》《人性的因素》这四部国际政治小说,揭示出"信仰与怀疑""希望与绝望""忠诚与背叛"三大主题,即现代人类生活中矛盾冲突的三大"绝境"。通览这近百篇的研究论文,可以概括为三个特点:

第一,研究面拓宽,出现多个研究方向。如从福柯的权力话语来解读斯考比的沉沦;从荣格原型批评的角度对《权力与荣耀》的主要人物进行具体分析;从叙事学的角度解读文本；从修辞学的角度；从母体研究和戏仿的角度。

第二，研究点比较集中，甚至出现"扎堆"现象。和国外偏重对格林的宗教研究，国内的研究也大部分集中于格林的宗教小说，即将格林作为单纯的"天主教小说家"来研究。洛奇在《天主教作家》中为天主教小说的形成下过这样的定义："这一小说传统可以追溯到法国颓废派小说，其特点是关注上帝的恩典对人世的影响，以及世俗价值观和神学价值观的冲突，但通常是后者令人啼笑皆非、出人意料地取得胜利。"①格林和伊夫林·沃、泰维·洛奇通常被认为是天主教作家。这也就不难理解 21 世纪的前十年对格林的解读集中在格林的宗教四部曲上。在可查的论文中，以宗教为主题研究的占到一半以上。在单部小说方面，《问题的核心》是被研究最多的文本，研究成果次之的是《权力与荣耀》。如王丽明的《格雷厄姆·格林宗教小说中的生存悖论》、肖腊梅的《罪与爱的变奏曲——评格雷厄姆·格林的宗教四部曲》、温华的《格雷厄姆·格林长篇小说"宗教"主题探索》、汪小玲的《地狱·炼狱·天堂——试论格雷厄姆·格林宗教三部曲中的人文主义》、侯静华的《浅析格林天主教小说中复杂的宗教意识》等。

第三，较少涉及格林后期政治小说，对其后期政治小说的研究止步于《沉静的美国人》，对《喜剧演员》《名誉领事》和《人性的因素》鲜有论文发表。而《沉静的美国人》受到关注，是由于这部小说描写了法越战争，以及格林对越南战争的预见。《沉静的美国人》②以美国中央情报局的幕后活动为背景，呼吁人们运用常识防止一场小规模的残杀演变成大规模的屠杀。③ 胡亚敏的《误读的越南战争——论〈沉静美国人〉及据其改编的两部电影》以 1958 年和 2003 年美国分别发行了由《沉静的美国人》改编而成的电影："《沉静的美国人》从小说发表到两次电影改编，生动地说明了美国人在不同历史时期对越南战争的不同认识。"《沉静的美国人》的背景是 1952 年前后的越南；《我们在哈瓦那的人》的背景是卡斯特罗革命前的古巴。这两个国家：一个是社会主义国家对抗西方强权，一个是即将通过革命成为社会主义国家，显示了格林"对战后东西方的意识形态对抗十分着迷。"④

综观国内对格林作品的研究虽取得了一定的成就，但也存在一定的缺陷：

---

① David Lodge, *Evelyn Waugh* (New York: Columbia University Press, 1977), 30.

② *The Quiet American* 在国内有两个版本，分别是刘梵如的《沉静的美国人》和主万的《文静的美国人》。

③ 谢为群，张军：《他们当过间谍：十三位世界著名作家的间谍生涯》，北京：中央编译出版社，2004，第 102 页。

④ 阮伟：《20 世纪英国文学史》，青岛：青岛出版社，2004，第 214 页。

第一,还有一大批格林的小说、戏剧、书信、传记和评论集有待译介。虽说格林的长篇小说已被翻译出15部,但仍有9部未译。格林也被认为是二十世纪的短篇小说大师,共有9部短篇小说集。格林自己曾说短篇小说《破坏者》是他最成功的作品,但我国目前出版的格林短篇小说集只有《格林短篇小说集》①一本,只收录了8部短篇小说。格林的传记、书信集和评论集作为研究其生平和思想进程的第一手资料尤为重要,而国内目前只翻译了格林的三本自传。格林共创作了9部剧本,但迄今为止,没有一部被译介。

第二,有关格林作品电影方面的研究较少。格林是那个时代最受电影影响的作家,也是第一位把电影技巧应用到小说创作的作家。格林小说中更显著的是电影的影响。早从《斯坦布尔列车》开始,格林的小说就烙着电影的印记:喜欢不加评论地从外部观察,利索地从一个场面剪辑到另一个场面,给予重要和不重要的事物以同样的强调。"描写一个场面时,"格林在一次采访时说,"我用摄影机那种移动的目光而不是照相师的眼光—使其凝固的眼光—来捕捉它……我用摄影机工作,紧跟我的人物和他们的活动。"②1935年,他成为《旁观者》的影评人。在接下去的五年间,他写了约四百篇影评。在三十年代,格林成为严肃的电影批评家,著有《喜乐宫:电影批评文集1935-1940》。此后,他继续为电影写剧本和评论,并开始把自己的小说改编成电影。格林称自己为"电影人"。遗憾的是,国内在格林的电影研究方面几乎是空白。

第三,后期政治研究成果较少,研究对象、主题、方向有待拓宽和丰富。国内以格林为研究对象的博士论文有两本,分别探讨了格林的宗教救赎和四部政治小说的政治美学。国内学者目前的研究侧重点在宗教,显得单薄。格林小说中除宗教之外的政治、社会等主题没有被充分挖掘。但从国内主要研究的格林宗教主题来看,对格林宗教观的复杂性以及小说中宗教与社会、政治等元素的融合性还有待研究。格林虽是天主教徒,却一直在表现天主教中的疏离和堕落。他的宗教观与复杂的人文观和政治观相融合,用格林自己的话说,"我是天主教中的不可知论者"③。这种复杂性和矛盾性也体现在他的政治小说中,也表现在他的政治观上。格林的政治小说总是将背景设在陌生的大陆,关注被欺压、被剥削的第三世界的人

---

① 潘绍中:《格林短篇小说选》,北京:商务出版社,1988。

② 玛丽-弗朗索瓦丝·阿兰:《另一个人:格雷厄姆·格林谈话录》,纽约:西蒙与舒斯特出版社,1983,第125页。

③ Graham Greene,*An Interview in the Observer*(12 March 1978),35.

们,作为政治记者和亲自投入到政治活动的政治作家,二十世纪下半叶的热点地区留下了格林的足迹。格林是那个时期的记录者,应当引起重视。

　　国内外半个多世纪的格林批评史上,格林整体研究水平的不断提升,但对政治主题的研究相比于对格林的宗教主题研究在时间长度、成果数量和学术深度上都明显逊色。由于格林的创作时间跨度长、作品题材广,某种程度上造成了研究方向的分散。格林成名于 40 年代的天主教小说,因此批评家主要关注格林的天主教小说。格林的政治小说背景地多在东亚、南非和拉丁美洲,在地域上的跨度非常大,小说中包括了大量多元文化的元素。无论是国外还是国内,从暴力入手来分析格林后期政治小说的研究较少。

三、研究内容与意义

1)研究内容

　　本书以格林后期四部政治小说为研究对象,就后期的《沉静的美国人》《喜剧演员》《名誉领事》和《人性的因素》四部作品,探讨格林后期政治小说中后殖民状态下的暴力主题,从中归纳出文化暴力、制度化暴力和种族暴力三类暴力主题,展示格林对后殖民时期人们生存困境的描绘和面对暴力做出的拯救探索,反映了格林对后殖民时期第三世界人民处境和命运的同情。

　　暴力(violence)作为一个复杂难解的词,其主要的含义是指对身体的攻击。雷蒙·威廉斯(Raymond Williams)考证,violence 最接近的辞源为古法文 violence、拉丁文 violentia,指热(vehenmence)狂热(impetuosity)。可追溯的最早辞源为拉丁文 vis,指力、力量。从 13 世纪起,violence 具有“气力”的意义。在此基础上,雷蒙·威廉斯从五个方面界定暴力:(1)指对身体的直接攻击;(2)指恐怖分子等未经许可而使用力量(physical force),其中包括在远距离“使用武器与炸弹”;(3)指电视暴力,主要是指对“肢体暴力事件做戏剧性的描述”;(4)将暴力“视为一种威胁”;(5)视暴力为“难以驾驭的行为。”[1]在《美国传统词典》中,暴力被定义为“任何物质力量的运用从而导致损坏、虐待或伤害。”[2]也就是说,暴力是一种用武力伤害人身和(或)破坏财产的行为。[3] 著名的暴力问题研究专家格雷厄姆和古尔在《美国暴力史》一书的导言中,将暴力界定为“某些被用来侵害他人身体或损害他人财产的

---

① 雷蒙·威廉斯:《关键词:文化与社会的词汇》,刘建基译,北京:三联书店,2005,第 511—512 页。
② Margery Berube, *The American Heritage Dictionary*(New York:Bantam Dell,2007),907.
③ 董乐山:《美国社会的暴力传统》,《美国研究》,1987(2),第 31 页。

行为。"①世界卫生组织对"暴力"的定义是"指蓄意地运用躯体的力量或权力,对自身、他人、群体或社会进行威胁或伤害,造成或极有可能造成损伤、死亡、精神伤害、发育障碍或权益的剥夺。"②左高山在综合各家之言的基础上认为,(1)暴力意味着以杀戮、摧残或伤害而对人们造成伤害;(2)可以扩展到包括这种损害造成的威胁,延伸到心理和生理两个方面的伤害;(3)还可以包括对财产的侵害;(4)暴力体现了一种人和人之间的意志关系,即强力意志或屈从意志。③

罗洛·梅(Rollo May)从心理学的角度,将暴力分为五种类型:纯粹的暴力(simple violence)、有计划的暴力(calculated violence)、被煽动的暴力(fomented violence)、缺席者的暴力(absentee violence)和来自上层的暴力(violence from above)。第五种暴力类型和上述四种不同:它是当权者在其权力受到侵害时,为了避免这些威胁而进行的暴力攻击,其动机通常是为了保护或重建现状。④

约翰·加尔通(Johan Galtung)在《和平论》中将暴力划分为直接暴力、间接暴力(即结构暴力)和文化暴力。间接暴力与直接暴力相对应。其暴力行为能够明确地确定其行为主体的就是直接暴力;不能明确确定其行为主体的,就是间接暴力或结构暴力。直接暴力具有突发性,直接造成人的肉体伤害或直接将人杀死,不管是个人还是组织,都有明确的行为主体。在暴力行为发生的过程中,可以很容易地观察到"主体-行动-客体"的表现模式。并且,施暴者的行为带有明显的主观故意。结构暴力则是缓慢的绞杀,加尔通指出:"当体系中一方系统地、长时间地、不可避免地受到伤害,并以这种方式形成一种结构时,我们可以称之为结构性暴力。"⑤通常而言,结构性暴力关注的是社会政治和经济结构中存在的问题,以及由此造成的政治权利和经济利益上分配的不公正现象,包括贫穷、疾病、压制和社会歧视给人类带来的痛苦和灾难。⑥ 文化暴力是指文化中那些由宗教和意识、语言和艺术、实证科学和形式科学(逻辑、数学)所阐释的,能够用来证明或使得直接暴力或结构暴

① Hugh Davis Graham and Ted Robert Gurr, *The History of Violence in America* (New York: Signet Books, 1969), xxxii.

② 左高山:《政治暴力批评》,北京:中国人民大学出版社,2010,第54页。

③ 同上,66。

④ 罗洛·梅:《权力与无知:寻找暴力的根源》,郭本禹,方红译,北京:中国人民大学出版社,2013,第166-167页。

⑤ Johan Galtung, "Peace Theory: An Introduction," in Pauling, Linus, Ervin Laszlo and Jong Youl Yoo, eds., *Wold Encyclopedia of Peace*, Voi. 2(Oxford: Pergamon Press, 1986), 251.

⑥ 左高山:《政治暴力批评》,北京:中国人民大学出版社,2012,第86页。

力合法化的各个方面,这些是我们生存的象征性的领域。^① 文化暴力的功能相当简单,就是使"直接暴力和结构暴力合法化。"^②它为直接暴力和间接暴力辩护,为不平等的社会结构提供种种理由,为公开的或隐蔽的侵略披上合理的外衣。总之,文化暴力为一切"恶"的和"丑"的东西服务,从而使得"直接暴力和结构暴力不仅看起来而且也让人感觉到是合法的,至少是不错的。"^③文化暴力产生于社会中的憎恨、恐惧和猜疑,通过学校和媒体传播和扩散。

菲利佩·麦格雷戈和马歇尔·卢比奥把暴力分成三种类型,即个人的或直接的暴力、结构暴力和制度化暴力。制度化暴力实质上是"结构暴力的一种,正式并真正地包含在制度内部,被人们接受,或者至少被人的缄默所忍受。"^④本书在此基础上的制度化暴力,特指拉丁美洲在发达国家阴影之下,经济制度受到制约,军事上受其控制。

种族暴力指不同种族之间,由于肤色、语言的差异导致的一个种族对另一个种族的歧视和剥削。种族暴力是一种慢暴力,经过累积之后慢慢爆发,对不同种族都具有杀伤力。

本书试着提出文化暴力、制度化暴力、种族暴力的概念,探讨格林作品中呈现出的三种暴力,揭示格林政治小说的暴力主题。

格雷厄姆·格林通过对后期政治小说的暴力书写,谴责了这三种暴力背后的帝国主义对第三世界的殖民侵略。二战后,无论是文化暴力、制度化暴力,还是种族暴力,幕后黑手都是帝国主义。通过格林对不同暴力类型的勾画,重新认识和思考后殖民时期的世界格局:第一世界的施暴与第三世界的抑暴;人人平等、种族平等、国家自决权的拯救之道的探索。但每部小说黯然的结尾和对暴力的消解和解构,说明格林政治观的复杂性和矛盾性。

2)选题意义

本书在汲取学者已有研究成果的基础上,以"格雷厄姆·格林后期政治小说的暴力书写"为题,就后期的《沉静的美国人》《喜剧演员》《名誉领事》和《人性的因素》四部作品,探讨格林后期政治小说中后殖民时期的三种暴力。更深入的了解格林对不同暴力类型的勾画,重新认识和深刻思考后殖民时期第三世界的生存状况。

---

① 约翰·加尔通:《和平论》,陈祖洲等译,南京:南京出版社,2005,第284页。

② 约翰·加尔通:《和平论》,陈祖洲等译,南京:南京出版社,2005,第4页。

③ 同上,285.

④ 转引自许晶:《对他者之爱——乔伊斯·卡洛尔·欧茨小说中暴力背后的伦理研究》,北京外国语大学博士论文,2013:21.

第一,暴力主题分析会弥补对格林后期政治小说研究的不足。从目前国内对格林研究现状及表现出的不足来看,对格林小说的研究已经相当失衡。在过去的近70年中,大多数学者把精力更多地投向了格林中期的宗教小说,忽略格林后期作品,造成了格林研究整体上不平衡的现象。国内的格林研究还停留在将格林作为天主教作家进行研究的单一阶段。对格林后期历时三十年的政治小说创作阶段,国内的研究仅限于最早的译介作品《沉静的美国人》。"如果把格林只限定在天主教小说家上,那就忽略了他作品中核心的东西:宽广的人文主义,并且人文主义主要在他的后期小说中得到体现。"①选择格林后期小说作为研究对象,其首要的学术价值在于体现格林整体研究的要求。

第二,从暴力的角度分析格林后期政治小说,更深入地认识格林对后殖民时期第三世界人们的生存困境和由此做出的拯救。从第一世界对第三世界的文化暴力、制度化暴力到白人对黑人的种族暴力,到面对各种暴力做出的不同的拯救方法,折射了格林对第三世界人民处境的深刻反思;也反映了格林复杂的政治观。

四、基本思路与研究方法

1)基本思路

本书主要立足于格林后期政治小说中的暴力主题,从而探讨格林的政治观。从格林的后期政治小说中归纳出三种暴力:文化暴力、制度化暴力和种族暴力。借助政治学和后殖民理论中关于暴力的理论和方法,研究格林后期政治小说中的暴力主题,由此分析后殖民时期格林对第三世界人民生活的认识和摆脱暴力的思考。

二战后,由于旧殖民体系瓦解、新殖民主义逐渐形成和局部战争不断,由此引起的暴力事件时有发生。在这样的背景之下,在格林的后期政治小说中充斥着谋杀、绑架、自杀等充满暴力色彩的词汇,其小说暴力死亡的基调达到高潮。除此之外,还有不同种族之间的种族暴力和第一世界对第三世界的文化暴力和第三世界国家内部的制度化暴力。格林通过对这三种暴力的书写,描绘了后殖民时期饱受摧残的第三世界,这些国家既无法摆脱第一世界的控制,也无力决定自己国家的命运。面对不同形式的暴力,格林在寻找拯救之道。面对文化暴力,格林认为不要把自己的意志强加给别的国家,每个国家应该根据自己的国情,选择他们自己的道路。面对制度化暴力,格林认为解放神学是拯救拉丁美洲的出路。占人口绝大多数的天主教徒应投身到解救穷人和无产者的行列中去。面对种族暴力,格林欲以

---

① Paul O'Prey, *A Reader's Guide to Graham Greene*(New York:Thames & Hudson,1988),8.

爱弥合不同种族间的裂痕,呼唤种族平等的到来。

本书共分三个部分,

第一章主要分析《沉静的美国人》中第一世界对第三世界的文化暴力。文化暴力是文化帝国主义的一部分,在帝国扩张的过程中,文化暴力扮演不可或缺的角色。文化暴力通过教育和媒体传播和扩散。派尔是美国(第一世界)派往越南(第三世界)实施文化暴力的代表。面对以派尔为代表的文化暴力,英国战地记者傅勒最初的态度是"不介入"。随着派尔在文化暴力的掩盖下,在越南造成的直接暴力的升级,傅勒无法保持中立,他和越盟联手结束了派尔的生命。但随之傅勒陷入自省和自我批判中,这和傅勒矛盾的殖民意识有关:傅勒一方面在痛斥法国和美国的殖民主义行径,另一方面又无意识地流露出老牌殖民主义国家的优越感。

第二章主要分析《喜剧演员》和《名誉领事》中的制度化暴力。《喜剧演员》和《名誉领事》是姊妹篇,描写了拉丁美洲第三世界的现实困境。无论是海地的杜瓦利埃还是巴拉圭的斯特罗斯纳,他们是美国对拉丁美洲实施统治的代理人。制度化暴力主要表现在拉丁美洲各国在经济上受到美国的制约,在军事上受到其控制,人民的生活没有保障,生活在水深火热中。面对拉丁美洲的制度化暴力,一部分人选择了疏离的态度,接受现状,无力抗争;另一部分以马吉欧医生和利瓦斯神父为代表的人民奋起抗争,欲把解放神学作为和制度化暴力抗争的武器和拯救拉丁美洲人民的出路。但无论是马吉欧医生还是利瓦斯神父的抗争,最终都以失败告终。

第三章主要探讨《人性的因素》中的种族暴力。由于白人和黑人两个不同种族间的肤色、语言等差异,导致白人对黑人的歧视和压迫,即所谓的种族暴力。无论是白人还是黑人,都成为种族暴力的受害者。白人殖民者对黑人被殖民者的压迫体现在政治、经济、教育等多个方面。种族暴力给黑人造成极大的心理恐惧,具体体现在萨拉和萨姆的噩梦、萨姆的恐惧心和仇恨心、"名誉黑人"卡萨尔对白人的恐惧。为了抵抗白人和黑人之间的种族暴力,本书运用弗洛姆的爱的理论,卡萨尔倡导以爱的名义结束种族间的不平等。

格雷厄姆·格林通过后期政治小说中的暴力书写,谴责了这三种暴力背后的第一世界对第三世界的操控。二战后,无论是文化暴力、制度化暴力,还是种族暴力,幕后黑手都是第一世界对第三世界的剥削和掠夺,通过书写暴力,折射出格林对后殖民时期世界格局的思考和格林反殖民主义的一面。第一世界的控制与第三世界的反抗,通过暴力表现出来。通过对不同暴力的拯救之道,格林希冀一个种族平等、各个国家有自决权的社会。但每部小说黯然的结尾和对暴力的消解和解构,暗示格林是悲观主义者,揭示了他自己也有矛盾的殖民意识的一面。

2)研究方法

第一,跨学科研究。借用政治学的暴力概念,分析格林后期政治小说中的暴力主题,从而探讨格林复杂多变的政治观。透过格林笔下的暴力现象,阐释小说创作与政治事件、历史语境的关系,分析后期政治小说在格林小说中的地位和作用,揭露小说中隐藏的格林的政治观点。

第二,采用后殖民理论视角,探究格林后期政治小说的暴力书写中展现的矛盾的殖民意识。后殖民主义批评是一种文化政治理论和批评方法的集成话语,主要研究殖民时代结束之"后",宗主国与殖民地间的文化话语权力关系,以及种族主义、文化帝国主义、国家民族主义、文化权力身份等问题在后殖民语境中的新面目。① 后殖民理论主要研究二战后,在西方/东方、第一世界国家/第三世界国家、殖民/反抗等的二元对立中,揭露帝国主义对第三世界文化霸权的实质,探讨后殖民时期东西方之间的隐藏的控制与反控制、剥削与反剥削、压迫与反压迫的斗争关系。后殖民批评在反抗殖民和新殖民霸权的进程中,关注的是创造一种公正、公平、去殖民化的第一世界与第三世界的关系。格林一方面谴责第一世界的殖民主义对第三世界带来的暴力,但他又消解、解构了这种暴力,揭示了作为宗主国的白人作家的矛盾的殖民意识。

3)创新点

第一,选取格林后期四部政治小说而不是中期宗教小说加以分析,由此得出与其说格林是一个关注天主教的宗教作家,不如说格林是一个关注第三世界国家的政治作家。

第二,从政治学角度对其作品中的暴力因素进行分析,探讨四部作品中的文化暴力、制度化暴力和种族暴力。通过分析格林笔下的暴力现象,展现格林作为一个有责任感的政治作家对第三世界国家的同情和关注。

第三,结合政治与历史现实,立足于跨学科研究方法,拓展了对格林小说的研究视野。

---

① 朱立元:《当代西方文艺理论》,上海:华东师范大学出版社,1997,第 414 页。

第一章 《沉静的美国人》中的
文化暴力

"如果我不得不在生活在苏联还是生活在美国做个选择,我一定会选择生活在苏联;正如我会选择生活在古巴,而不是生活在像玻利维亚那样的南美共和国,因为这些共和国由他们的北方邻居控制;我会生活在北越,而不是南越。如果我对任何国家有感情,就会去抗议正义的失败。"——格雷厄姆·格林

《沉静的美国人》是格林从宗教转向政治的第一部作品,标志着格林的创作进入新的阶段。文化暴力是殖民侵略的一种形式,是文化帝国主义的一部分。通过帝国主义的文化渗透和文化的输入,被压迫民族在不知不觉中接受了统治阶级统治合理的思想,这种侵略是一种慢性侵略过程。这种方式配合了帝国主义对殖民地的直接暴力,为其辩护并且使这种侵略合法化。《沉静的美国人》中美国政府为了让公众接受帝国主义统治有理的思想,美国政府充分利用教育和新闻宣传作为文化渗透和文化输入的方式。文化暴力表现为帝国对国民的文化渗透,控制或剥夺土著人的语言,推行殖民者的语言。派尔既是施暴者同时也成为受害者,傅勒经历了从疏离到介入到自我谴责的过程,他们都是文化暴力的牺牲品。悲剧的根源在于他们复杂的殖民意识。

第一节　文化暴力的表现形式

文化暴力是约翰·加尔通在《和平论》中提出的。加尔通认为:"文化暴力是指文化中那些由宗教和意识、语言和艺术、实证科学和形式科学(逻辑、数学)所阐释

的,能够用来证明或使得直接暴力或结构暴力合法化的各个方面。"①和赤裸裸的对殖民地的军事占领相比,文化暴力是一种非强制性的"软暴力",但它的后果却不亚于直接暴力对殖民地人民造成的伤害。文化暴力是文化帝国主义的一部分,这种方式配合了帝国主义对前殖民地的政治和军事占领,为其辩护并且使这种赤裸裸的直接暴力合法化。二战后,随着民族独立运动兴起,为了继续实现对第三世界的政治控制和经济剥削,西方主要依靠意识形态灌输和文化知识的优势,实现其控制和影响。

文化暴力体现在教育和媒体当中,教育系统和意识形态宣传是文化渗透的两个重要渠道。文化暴力有两个范围:一是帝国主义国家内部,统治阶级对被统治阶级实行文化灌输,把被统治阶级培养成听话和顺从的殖民者,并成为执行统治阶级意志的工具;二是在帝国主义国家和被殖民地之间,西方殖民者对殖民地人民的文化统治,使得殖民地人民丧失了自己的文化主体性,失去了表达自身独特经验的可能性,从而被迫处于依附状态。也就是说,帝国主义国家的统治阶级取得占主宰地位的影响和权力,不是通过直接公开的手段,而是通过成功地使它的社会意识形态观念广泛流传,以至于被统治阶级不知不觉地在他们自身被压迫之中接受并参与到统治阶级的意识形态中。②

一、西方帝国对国民的文化渗透

"渗透是将地位显赫者的思想自上而下灌输给地位低下者,使地位地下者只能部分地看到所发生的一切。"③为了让公众接受帝国主义统治有理的思想,美国政府充分利用新闻宣传和学校教育两种主要方式。"文化进行传播、教导、规劝、教唆、钝化,把剥削和压制看作是正常和自然的,或者对它们(特别是剥削)视而不见。"④

美国政府利用新闻宣传造成民众对共产主义的恐惧,从而支持对越南的战争。美国政府把共产主义宣传为"红色威胁"。被美国政治宣传洗脑了的派尔要把越南人从"共产主义"的魔掌中解救出来,并相信越南人民"并不要共产主义"。派尔是被这种新闻宣传灌输的美国人,他担心"假如印度支那丢掉啦……"傅勒对这种说

---

① 约翰·加尔通:《和平论》,陈祖洲等译,南京:南京出版社,2005,第284页。
② 艾布拉姆斯:《文学术语词典》(中英对照),吴松江等编译,北京:北京大学出版社,2009,第303页。
③ 约翰·加尔通:《和平论》,陈祖洲等译,南京:南京出版社,2005,第284页。
④ 同上,291。

法不屑一顾,"这张唱片我知道。暹罗会丢掉。马来亚也会丢掉。印度尼西亚也会丢掉。什么叫丢掉呀?"(123)为了不"丢掉"印度支那,美国支持法国重新征服印度支那,开始向印度支那的法国军队提供大规模的支持。"要是美国答应给我们的供应到了,我们就有更多的东西可投啦。"(81)派尔被洗脑的原因是"在过去的一百年里,西方发展出了非常复杂的宣传系统,它们不但控制了被殖民者的头脑,也控制了殖民者的头脑。这也就是西方知识分子阶层为何基本上对此熟视无睹的原因所在。"①

对真相的有意掩盖是美国对越南实施新闻宣传控制的手段。在越南的记者,他们发出的稿件都受到新闻检察官的检查,只能发被允许的稿件。如自行车爆炸案发生后,有许多无辜平民受了伤。制造爆炸的人是泰将军,他却嫁祸于越盟。傅勒客观地报道了事件制造者是泰将军的消息,但刊出时却被报社改动了。法国人在河内的记者招待会上,法国对在越南的伤亡人数遮遮掩掩,不透露死亡的具体数字,新闻是被控制之下的新闻。美国给法国提供武器,可是武器又迟迟不来,而这个消息又不能在报纸上发表,只能当供参考的背景资料。如果把真实情况捅出去,新闻检察官不会放行。如果偷偷发表了,又会被驱逐出境。

美国政府欺骗民众获取支持的另一种方式是通过学校教育。西方的学校教育承担着为殖民侵略服务的文化职能,文化暴力是其宣扬的重要的内容。文明托管论是文化暴力宣扬的一个主要论调,文明托管论的主要意思是,"为了人类文明的进步,处于高级文明的西方国家有责任向落后的殖民地国家输入文明,或者进行文明托管,哪怕强迫也在所不惜。"②派尔毕业于哈佛大学,他的专业是研究远东问题的,"派尔得过一个好学位——是那种只有在美国才可以得学位的科目:也许是专学公共关系或舞台技巧,甚至也许是远东问题(这一类的书他读过不少呢)。"③派尔对远东问题的认识一方面来自课堂,西方的民主自由价值观教育,使得派尔确立了西方想要的价值观;另一方面来自他随身阅读的书籍:《红色中国的进展》《对民主的挑战》《西方的任务》《越南成语词典》《菲律宾战史》等。有评论家指出,作品中人物的性格和人物阅读的书籍有直接的关系,也就是说,人物所读书籍反映人物的性格。其中,中国、越南、菲律宾的书暗示美国对东南亚政局的关注;而《西方的任

---

① 诺姆·乔姆斯基:《以自由之名:民主帝国的战争、谎言与杀戮》,宣栋彪译,北京:中信出版社,2016,第37页。

② 赵稀方:《后殖民理论》,北京:北京大学出版社,2009,第15页。

③ 格雷厄姆·格林:《沉静的美国人》,刘梵如译,上海:新文艺出版社,1957,第15页。本章的引文均出自该译本,只标注页码。

务》一书的作者是约克·哈定,他曾经在越南停留了一周的时间,走马观花般地了解了越南之后,写了《西方的任务》,书中清楚地表明了美国意欲重建世界秩序的"使命感"和对越南未来走向的理论设想。作者认为像美国这样的西方国家,在越南要做的事情就是在越南扶植一支不同于越盟和法国殖民主义的第三势力,帮助越南走上一条民族民主道路。在这些书籍中,派尔最经常读的是哈定的《西方的任务》这本书,派尔对哈定的理论深信不疑。他和傅勒见面的第一句话就是,"你读过约克·哈丁的著作吗?"(21)并认为他写的《红色中国的进展》一书是"一本议论精辟的书"。(22)哈定提倡在越南寻找"第三势力",派尔就在越南寻找第三势力。派尔急于在越南找到第三势力,以实现对越南的渗透。美国人要利用第三势力作为打击法国殖民主义和越盟领导的共产党的武器。派尔认为只有美国的价值观和民主思想才能拯救越南,这是明显的文明托管论思想,是美国长期的殖民思想教育的结果。

文明托管论让派尔成为文化暴力的践行者。派尔对美国的殖民活动给殖民地人民造成的伤害视而不见,他认为广场上死于非命的平民是为民主而牺牲的。其理所当然地认为只有他们的殖民活动,越南才能摆脱农业文明,进入工业文明的时代,"我们要把一些本地工业扶植起来"(78)。这是典型的文明托管论调。派尔一厢情愿地认为他们的殖民活动是为了越南的进步和发展。派尔认为老牌的殖民国家——英国和法国已经不能赢得被殖民者的信任,美国应借此机会进行渗透,试图推行他们的新殖民主义。他确信越南需要的是第三势力,即民族民主。但派尔没有认识到,"'第三势力'这玩意——那是从书本来的,就那么回事。泰将军不过是手下有几千人的一个土匪头子:他不是什么民族民主。"(179)所有这一切来自哈丁的书,派尔在越南没学到任何东西,他试图把哈丁的理论付诸实践。把哈丁的思想变成行动,派尔的"好用心"变成对越南平民的屠杀无辜。为了嫁祸越盟和培植第三势力,派尔给泰将军提供炸药,终于酿成了广场血案,天真的派尔成为间接的杀人凶手。他用越南人民的鲜血获得第三势力的支持。傅勒悲愤的指责他,"你已经把'第三势力'和'民族民主'涂满了你右脚的皮鞋。"(186)他看不到溅到他鞋上的是血,把责任嫁祸给共产党,"老泰不会干出这种事情来。我相信他不至于。准是有人欺骗了他。是共产党人……"把那些被炸死的平民说成是"战时伤亡罢了"。(203)派尔是西方殖民教育的产物,西方虚伪的民主自由掩盖下的殖民主义在越南的践行者。

以派尔为代表的西方人所受的美国学校教育和美国政府的新闻宣传使他看不到越南被殖民的现实,傅勒一针见血地指出派尔"年轻,无知,愚蠢,而且他夹在里头胡来。派尔跟你们每一个都一样,对大局一无所知,你们给他钱,给他约克·哈丁所写的关于东方的书,又对他说,'放手干吧。为把民主从东方争取过来。'他没在教室里听见过的事物,他全都看不见。他读的那些书的作者和他听过的那些演讲使他上了当。他看见一具死尸,连伤口在哪儿都找不出。一场红色的灾祸,一个民主军人。"(28)在美国意识形态的灌输下,派尔怀着拯救当地人的梦想来到越南。他有着强烈的使命感,那就是给越南带去民主,避免越南称为一个社会主义国家,只要把美国人的政治理念和民主思想传播到越南,就能够把越南人民从共产主义中"拯救"出来。派尔自认为是被殖民地人民的指导者和教育者,希望能救那些愚民于水深火热之中。不幸的是,他不但没能拯救那些愚昧的越南人,反而将自己拖进了危机四伏的战争之中,丧命于他意欲拯救的愚民手中。

关于殖民统治的相关教育和新闻宣传都是为殖民帝国的强权阶级服务的,是文化暴力的体现,为殖民宗主国直接的政治暴力做掩护,鼓动本国人民为殖民帝国开疆拓土,维护殖民统治服务,教导殖民地国家的国民服从宗主国统治的需要。

二、控制或剥夺语言

控制或剥夺殖民地民族的语言,限制或改变其语言,推行殖民者的语言,不只是为了交流的方便,真正的目的是从文化上实施彻底的殖民,隔断殖民地的文化传承,扩大对被占领殖民地的影响力,取得殖民地对宗主国的文化认同,便于殖民统治的长治久安。

殖民者对被殖民者进行语言上的控制。"帝国压迫的主要特征之一是对语言的控制。"[①]对语言的控制,既表现在帝国内部对事实的歪曲和粉饰上,也表现在对殖民地人民语言的控制上。美国政府为了遮蔽派尔的真实身份和美国对越南名为援助实为掠夺的事实,他们用隐晦的语言掩盖事情的真相。派尔死后,美国公使发给派尔父亲的电报是"令郎为民主事业而死于军中。"(27)当傅勒怀疑派尔的真实身份时,并问美国经济专员佐"'经济援助代表团'听起来不像是军队。"这种问题让佐有所顾忌,他含含糊糊地显得紧张,放低声音说:"他负有特殊任务。"派尔的真实身份是美国派到越南的特工,而在人们的语言层面,只能说他是负有特殊任务的经济援助代表团成员,这是为他的真实身份打掩护。其实在小说中,字里行间也透露出派尔的真实身份,"蜡烛熄灭了,我看得见他的军人短发的线条映在外面的火光

---

① 阿希克洛夫特,格里菲斯,蒂芬:《逆写帝国:后殖民文学的理论与实践》,任一鸣译,北京:北京大学出版社,2014,第 6 页。

里。"(60)"我觉察到,他的军人短发新修剪过。"(77)故意掩盖派尔的军人身份是为了掩盖美国对越南的掠夺,同时避免越南人对美国人的抵制和反抗。这样的语言遮蔽不仅表现在派尔身上,也表现在格兰迦身上。格兰迦对越南人态度粗暴,傅勒对他的评价是"粗鲁的丘八派头。"(30)丘八这两个字合在一起就是一个兵字,是指当兵的人,当时社会对兵痞的贬称。"丘八"揭示了格兰迦的身份——以记者身份作为掩护的美国士兵。也就是说,无论是"经济援助代表团"的派尔和佐,还是打着记者旗号的格兰迦,他们实际上都是美国政府派到越南的士兵。对语言进行控制、掩盖和歪曲事实,达到其殖民侵略的目的。

美国政府用语言故意掩盖、回避或美化美国对越南实际的侵略。在越南的记者,他们发出的稿件颠倒是非。如自行车爆炸案发生后,有许多无辜平民受了伤。制造爆炸的人是泰将军,他却嫁祸于越盟。傅勒客观真实地报道了事件制造者是泰将军,但刊出时却被报社改动了,使用语言的自由被剥夺了。法国对在越南的伤亡人数遮遮掩掩,不愿透露死亡的具体数字。美国给法国提供武器,可是迟迟不来。而这个消息又不能在报纸上发表,只能当供参考的背景资料,通过点滴的语言来传递信息。人活在一个由层层遮蔽织成的网中,这是"一张用谎言织就的大网","语言最后变成了永远的假面具"。①

美国政府控制语言实际上是美化侵略,掩盖侵略,目的是直接或间接维护了帝国主义的政治安全和经济贸易利益。霍布森认为,殖民主义、帝国主义的动机完全在于少数集团的利益,这些集团需要国家权力的配合。② 美国支持越南战争,用美妙的语言说是把美国人的政治理念和民主思想传播到越南,就能够把越南人民从共产主义中"拯救"出来。派尔自认为是被殖民地人民的指导者和教育者,希望能救那些愚民于水深火热之中。实际上,并不是为了把民主和自由带给越南,而是为了少数集团的利益:和法国等老牌殖民地国家争夺越南的自然资源和越南的贸易优势。

推行殖民者的语言来替代被殖民者的语言。用殖民者的语言替代被殖民者的语言,使得被殖民者的语言使用范围越来越小,直至消亡。在漫长的殖民历史中,以语言为标志的帝国主义文化对殖民地的民族文化形成了巨大的冲击。在殖民过程中,语言和武器一样,是摧毁民族文化的强有力的工具。范农曾指出,使用一种

---

① 摘自 2005 年诺贝尔文学奖获得者哈罗德·品特于 1990 年 5 月 31 日在英国广播公司所做的演讲《啊,超人》。

② 赵稀方:《后殖民理论》,北京:北京大学出版社,2009,第 16 页。

语言就意味着"接受了一种文化"。"具有一种语言的人,自然拥有这种语言所带来的世界。因而我们能够得到什么就很清楚了:对于语言的掌握给我们提供了显著的力量。"①因此,切断一个人与母语的联系就意味着与他的民族文化断绝了联系。在殖民统治下,压制地方语言而推崇殖民者的语言已成为帝国主义统治的一种手段。② 越南语在越南根本没有地位,倒是殖民宗主国的语言法语颇为流行。在这部小说中法语出现在日常对话中,在舞厅跳舞的凤儿会讲法语;法语也是傅勒和凤儿之间交流的语言。法语也是越南人和殖民者交往的语言。如五百美女院的女人会讲法语;法国公安厅的本地警察在和傅勒讲话时,用的也是法语。在碉楼的两个哨兵,他们也会讲法语。傅勒问他们有汽油吗,"两个哨兵中,只有一个开了口。"(100)这个哨兵用法语作答,"这是禁止的",因为傅勒是"平民"。当派尔爬上碉楼时,那个没作声的哨兵端起他的冲锋枪来,"我马上喝住他,像个班长似的,'把枪放下!'我加上一句法国下流话,我想他会懂得的。他机械地服从了。"(100)通过以上现象可推测出法语在越南的普及程度。安德森在《想象的共同体》中指出,大约从1917 年开始,东印度支那殖民地教育发生了显著变化。为了应对教育形式的改变,法国殖民政权创造一个分开但地位较低的"法语—越南语"教育体系;这个体系放在国语的授课上,而法语则通过国语被当作第二语言来教授。殖民政权这样做的目标是培养一批精心计算过的一定数量的能够书写法语的印度支那人;他们的功能是充当一个政治上可靠、心怀感激、并且被同化了的本地精英阶层,以及填补殖民地的官僚结构和较大型企业组织内的下层职位。③ "语言成了使权力等级架构得以永久化的媒介,'真理'、'秩序'和'现实'等概念通过语言被确立。"④推行被殖民者母语以外的语言使他们丧失了自己的文化主体性,被迫处于被奴役的地位。

文化暴力通过对殖民者和被殖民者新闻宣传、学校教育和语言的控制来实现,让被殖民者认为殖民者对他们的军事侵略等直接暴力是合情合理的。

---

① 转引自赵稀方:《后殖民理论》,北京:北京大学出版社,2009,第 22 页。

② 艾勒克·博爱默著:《殖民与后殖民文学》,盛宁,韩敏中译,沈阳:辽宁教育出版社,1998,第 237 页。

③ 本尼迪克特·安德森:《想象的共同体:民族主义的起源与分布》,吴叡人译,上海:上海人民出版社,2016,第 120—121 页。

④ 阿希克洛夫特,格里菲斯,蒂芬:《逆写帝国:后殖民文学的理论与实践》,任一鸣译,北京:北京大学出版社,2014,第 7 页。

第二节　抵抗文化暴力

　　文化暴力的实质是承认一种文化比另一种文化优秀。推行文化暴力的人意欲用所谓优秀的文化替代劣等的文化。派尔想用西方所谓优秀的文化替代越南落后的文化。派尔是文化暴力的实施者,但在实施的过程中,派尔却献出了他的生命。同是作为西方人的傅勒,对文化暴力经历了从疏离到介入到自我谴责的过程。无论是派尔还是傅勒,他们都未能摆脱文化暴力的影响。从这个意义上来说,文化暴力是一把双刃剑,无论是接受还是抵抗,都不能摆脱其影响。

　　作为《伦敦时报》的驻外记者,傅勒人到中年,在英国国内有拒绝离婚的妻子,在越南西贡有年轻貌美的凤儿给他解闷,对法国的殖民统治、对胡志明成立的临时政府都保持疏离的态度。傅勒的疏离首先表现在法国对越南发动的殖民战争的态度上。傅勒对法国的殖民战争坚守“不介入”的立场,扮演着中立的观察者角色。傅勒在越南奉行“不介入”原则,小说扉页上的阿·赫·克洛的一小节诗很好地展示了傅勒的这种原则:“我不喜欢受感动:因为意志受到激发;行动是最好的东西;我战战兢兢怕出事,怕感情出事,怕措置失当;凭我们可怕的责任感,最容易干出这种事。”这一小节诗涵盖了傅勒在这部小说中的三个关键词“选择”“行动”和“责任”。傅勒害怕“选择”一边,采取“行动”,承担“行动”后的“责任”。傅勒一再强调他没牵涉进越南的战争:“我是一个新闻记者,我应该是来报道你们的战争的。”(9)他认为作为新闻记者,是不带偏见地、客观地报道现实:“我没有卷入漩涡。没有卷入漩涡。”(23)傅勒反复强调“政治并不使我感兴趣;我是一个记者。我是没有立场的。”(105)“我不站在任何一边。我还是报道我的,不管是谁胜。”(105)“我是不管政治的。”(146)这是一个完全没有远大理想的人物,保持“中立”,避免惹上任何麻烦是他为人处事的准则。傅勒对政治不感兴趣。傅勒对负责调查派尔死因的法国警察魏哥特说:“没有卷入漩涡是我的信条之一。让他们去打斗,让他们去爱,让他们去谋杀吧,我可不牵连在内。我那些新闻界同行们自称是通信员;我宁愿要记者这个头衔。”(23)即使是面对赤裸裸的流血事件,傅勒也只是不带感情地报道他看到的事情。“我只写我所看见的事情:我从不采取主动—甚至表示意见也是一种行动。”(23)傅勒来自“日不落帝国”的中产阶级,英殖民帝国的衰落让他倍感失落,代表了"晚期帝国主义文化中的悲观主义的成分。"①同时也让傅勒清醒地认识到帝国主义和殖民主义不会长久。所以他冷眼旁观法国对越南的殖民侵略,美国对越南的文化渗透和经济掠夺。傅勒的这种中立也可用"自由漂移"的知识分子理论来解释。"自由漂移"的知识分子理论是卡尔·曼海姆借用阿尔弗雷德·韦伯的"旧说"发展而成。曼海姆所用的概念是"相对意义上的自由漂浮",知识分子是一个"非依附性"的"自由漂移"的阶层,即知识分子并不依赖于某一特定的社会集团或阶级,不属于任何阶级,可以说是一个没有或几乎没有"根"的阶层。②傅勒是这种没有"根"的知识分子的代表,其不属于任何阶级,具有个人疏离的特征。

傅勒逐渐认识到文化暴力的实质,他不愿参与到其中,只采取观望和疏离的态度。傅勒自认为是中立的战地记者,但魏哥特、杜鲁恩和韩先生提前预见了傅勒的介入。魏哥特说,"你并不照你自己的原则做事。你也是有立场的,跟我们大家一样。"(156)杜鲁恩警告道,"总有一天会发生什么事。你会选择一边的。"(171)"这不是理智或天理的问题。只要感情一冲动,我们都会卷入漩涡,不能自拔的。"(172)而老韩的劝告更是一语道破要害,"一个人不得不拥护某一边。假如他要继续做人的话。"(197)这三人分别是法国警察、法国空军上尉和越盟地下党,他们分别从不同的角度阐释了傅勒的介入。傅勒目睹法国、美国的殖民主义和帝国主义对殖民地人民造成的直接暴力,以及这些列强国家为了掩饰对殖民地的直接暴力而采取的文化暴力,促使傅勒"选择"一边,采取"行动",承担"责任"。这一转变过程经历了四个事件。

首先,傅勒愤慨法国对越南的殖民侵略给越南人民带去了无尽的伤害。越南人民流离失所、生灵涂炭,越南人民生活在水深火热之中。被殖民者越南人的生活惨状深深地刺伤了傅勒的心。傅勒离开西贡,到法军与越盟武装交火的地方采访。他看到当地居民为逃避战火只得躲进教堂。在路上,他看到运河中战争留下的死尸重重叠叠,"这条河里尽是死尸:这时使我想起肉太多了的爱尔兰炖羊肉汤。这些死尸重重叠叠……。河里没有血:我猜想血早已流走了。我弄不清究竟有多少死尸在这儿。"(51)傅勒没有再现无辜的越南平民被射杀的情景,只有静静地躺着的死尸,被殖民者的生命无人关注。这让傅勒感叹"生命多么不值钱,死亡的来临多么快,多么简单,多么无声无嗅。"(52)法国一只小部队发动袭击,结果是打死了一个妇女和一个儿童。"他们很显然是死了:那妇人的额上有一小块凝血,一点也

①　艾勒克·博爱默:《殖民与后殖民文学》,盛宁,韩敏中译,沈阳:辽宁教育出版社,1998,第116页。
②　汪民安:《文化研究关键词》,南京:江苏人民出版社,2007,第452页。

不模糊,孩子就跟睡着了差不多。他大概有六岁了,他躺着,瘦削的小膝头弓上来,活像在娘胎里。"(54)面对被射杀的母子,中尉只说了一句"倒霉蛋,打错了。"(54)两个活生生的生命,只用一句话就打发过去了。没有人会因此感到内疚或受到惩罚。傅勒既描写了许多人的死亡,又刻画了个体的死亡,点面结合地展现了死亡的可怕和殖民地人民被蹂躏的境遇。此情此景让傅勒第一次表达了他的立场:"我恨战争。"(54)傅勒憎恨不义的战争给殖民地人民造成的无法弥补的伤害。

让傅勒介入的第二个事件是法国雇用的越南士兵在碉楼被越盟打死打伤。法国殖民者不仅直接屠杀越南人民,还雇用越南士兵让越南人之间自相残杀。傅勒和派尔借宿在碉楼。在碉楼值班的两个越南士兵还是孩子,在黑暗中被吓得瑟瑟发抖。夜里,越盟袭击碉楼。为了活命,傅勒和派尔决定从碉楼逃出。傅勒和派尔离开碉楼后,这个碉楼遭到袭击,两个哨兵一死一伤。逃出后的傅勒听见一个哨兵在哭。"不像是一个大人在哭:像一个小娃娃在哭,他怕黑暗,却又不敢大声叫喊。"(121)傅勒对这两个哨兵怀有愧疚,如果不是他和派尔在这个碉楼里,这两个南越哨兵可能就投降了,不会遭到被轰炸的厄运。"对那个在黑暗中哭泣的声音,我是有责任的:我一向自豪于超然局外,不属于这场战争,但那两个人的死伤都是我造成的,"(127)最终当巡逻队把傅勒从水沟里救出时,他仍坚持让他们去照料碉楼里的人,因为"我没法心安理得(而求心安理得乃是我主要的愿望),假如有谁在受痛苦,让我看得见,听得出,摸得着的话。"傅勒认为他这样做的原因"不过是牺牲一点小利益去换取一种更大的利益,一种心灵的平静。"(128)如果说在第一个事件中,傅勒同情的是被战争蹂躏的平民;那么在第二个事件中,傅勒同情的是被迫当兵的士兵。这些士兵还是孩子,却成为法国和越盟争夺战场的牺牲品。这些士兵发自心底的恐惧和无助的哭声表达了傅勒对战争的谴责和愤恨。

傅勒介入的第三个事件是傅勒亲自参与了法军投弹的空袭行动。杜鲁恩上尉"亲切"(170)地招待傅勒和轰炸越南村庄时的"职业的凶狠"(173)形成鲜明的对比。杜鲁恩上尉奉命去执行轰炸任务,在三千米的高空,投焦体汽油炸弹,看着"那些可怜鬼给活生生燃烧,一身火焰像给水淋透了似的。他们满身浸透了,全是火。"(171)再捎带着炸翻一条小舢板,幸灾乐祸地看着舢板上的人四散逃命。傅勒对"心血来潮似的偶然选定一个对象来下手"感到惊骇以致愤懑。当傅勒质问他时,杜鲁恩上尉的回答是:"在那一带河面上,我们奉了命令看见任何东西都扫射。"(170)傅勒听到那些法军扔下炸弹后,面对战争残酷场面的无奈,和良心不安的苦闷倾诉。傅勒劝他放手时,他的回答是:"你是新闻记者。我们打不赢,你知道的比我更清楚。……但是我们是职业军人:我们不得不继续打下去,等那些政客们叫我们停止才停止。"(172—173)这是一场注定打不赢的战争,屠杀了越南平民,也耗费了作战军人的人生岁月。杜鲁恩对战局有清醒的认识,他认识到在这场殖民战争中,法国人打不赢;他同时还意识到法国士兵并不是为本国的资本家而战,而是为美国人而战。"我不是在打殖民战争。你以为我干这些玩意是为了那些红土园主吗?我情愿受军法审判也不替他们卖命。我们是在为你们打仗,但是你们却把罪行推在我们身上。"(171)因为战争死伤的无辜平民固然可悲,但从事战争的士兵何尝不更加可悲。他们是战争的工具,无法摆脱充当棋子的安排,更无力去改变和控制这种现状。

以上三个事件动摇了傅勒的内心,但傅勒还在摇摆中。他重申他的原则:"我不是逃避战争,那不关我的事。我没有卷入漩涡。……我就要回英国去了。"(171)傅勒从英国逃到越南,在越南又不愿面对法越战争,摇摆于疏离和介入之间。

让傅勒决定介入的决定性诱因事件是派尔接连制造了两起炸弹爆炸案——自行车爆炸案和广场炸弹案。自行车爆炸案炸伤了无辜平民,广场爆炸案死伤五十多无辜的平民。事先得到警告的两个美国女孩提前离开,而被殖民者的命是不值钱的,没人关注他们是被炸死还是被炸伤。当傅勒看见造成这一切的罪魁祸首派尔无动于衷地走过满地鲜血的广场,无辜牺牲者的一片残躯断干,一个用草帽把孩子剩下的肢体盖住的母亲身边时,这种残忍更使他不胜骇异。这个自信满满的"沉静的美国人"却只关心一件事情——在向公使馆报告之前,先把他脚上那双溅上被殖民者鲜血的皮鞋擦干净。派尔用无辜平民的鲜血为他的第三势力铺路,全然不在乎被无辜炸死炸伤的平民。在傅勒的心目中,派尔变成了那种"肮脏战争"的象征。傅勒抛弃了那种新闻记者不带感情的、不偏不倚的报道,代之以愤慨的质问"他们事前没有得到警告:他们不够重要……在你正在建立一个民族民主阵线的时候,要死多少上校才抵得过一个婴孩或一个三轮车夫的死呢?"(186)傅勒升起一个强烈的念头:不能再让平民百姓为所谓第三势力而无辜丧命。"你没法责怪无知的人,他们总是无辜的,你能做的就是控制他们或者消灭他们。无知是一种疯狂。"傅勒无法责怪派尔的无知,傅勒能做的就是控制或消灭派尔。面对被伤害的平民和被迫参加战争的士兵,傅勒的内心逐渐放弃战争与己无关的想法,生起对战争的憎恨。"我恨战争"(170)的想法回荡在傅勒的耳畔。为了制止派尔再次干这类事,傅勒求助于越盟,傅勒终于介入了。

傅勒的抗争也经历了从语言斗争到直接行动的过程。傅勒的语言斗争首先表现在对派尔的语言规劝上,规劝派尔不要相信约克·哈丁宣传的第三势力。所谓的第三势力指在越南成立一个亲美的政权。从国家利益来说,美国既希望法国结束在越南的殖民统治,又不希望越南加入社会主义阵营之中。派尔到越南的使命是寻找亲美的政权。傅勒劝导派尔放弃这种想法和做法,让越南人民自己作出决定。傅勒对派尔的第一次语言规劝是在他们两人被困在了碉楼。派尔认为他到越南,是为了阻止共产主义的蔓延,是为了将民主、自由和个人的灵魂这些从书本上学到的陈词滥调带给贫穷、落后的殖民地。派尔的精神导师是约克·哈丁。傅勒嘲笑派尔相信约克·哈丁,因为哈丁:"费了那么多工夫来写根本不存在的玩意——像什么精神概念之类。"(101)傅勒关注的是越南人被西方世界主宰的命运,而不是自由、平等这些抽象的概念。傅勒认为约克·哈丁的理论根本不符合越南民众的实际。在基本生存条件都无法保障的情况下,抽象的概念对越南人来说只是一种奢望。傅勒认为越南人"也是不相信任何事物的。你和你这一类的人想打仗,要人家帮忙,而这些人却根本不感兴趣。"(103)傅勒烦透了派尔的说教"这也主义,那也主义。拿出些事实来吧。"(104)傅勒想让派尔认识到他的所作所为是一厢情愿的。傅勒指出越南人"要够吃的米。不要去塞炮眼。他们希望有那么一天也跟别人一样平等。他们不要我们这些白皮肤的人待在这儿,告诉他们什么是他们所需要的。"(103)也就是说,越南人要自己的生活方式和文化方式,让西方人离开他们的国家,他们不要西方人在他们的土地上指手画脚。

　　傅勒的斗争还表现在对西方外来者的批判。西方的介入只会打乱这里原有的秩序,越南和所有国家一样,自有其文明和未来,根本不需要西方的拯救。傅勒认为派尔带给越南的工业文明不过是"留下一点点装备和一种玩具工业。"(105)傅勒更推崇越南的农业文明"我相信五百年后也许会不再有纽约或伦敦,然而这些人却还会在这里栽秧种田,他们会泰上尖顶帽子,挑着他们出产的粮食去赶市场。小娃娃们还会坐在水牛背上。我喜欢水牛,水牛不喜欢我们的气味,欧洲人的气味。"(103)派尔即反对越盟代表的共产主义,也反对法国的殖民主义,寻找的是第三势力。但傅勒对派尔代表的自由主义不屑一顾,"我知道自由主义者们所造成的损害。……自由主义已经传染到了一切其他党派。"(104)派尔认为"要自由,就得战斗。"(106)傅勒则反唇相讥,"我可没看见一个美国人在这儿战斗。"(106)和越南人战斗的是法国人。傅勒认为派尔不该参与到越南战争中来,应该待在家中,享受生活。派尔认为他负有解放和拯救越南的任务。他们两人对越南战争截然不同的态度也决定了他们不同的行动方式。

　　第二次面对面的交谈是在傅勒的家中,傅勒试图警告派尔不要重蹈旧殖民主义国家的老路,不要玩火。傅勒来自老牌殖民主义国家英国,但是此刻日不落帝国的荣耀已经一去不复返,傅勒希望能借自己国家的历史来劝告派尔不要将美国的国家意志强加给其他国家。派尔来自崛起的新殖民主义国家,在全球推行直接的武力侵略和间接的文化霸权。傅勒希望派尔能从英国的殖民史中吸取经验教训,不要重蹈覆辙;不要用所谓的"自由"殖民主义来统治世界。傅勒提醒派尔不要和泰将军的"第三势力"纠缠在一起,因为"泰将军不过是手下有几千人的一个土匪头子:他不是什么民族民主。"(179)傅勒劝派尔带凤儿回美国去,忘掉"第三势力"。一边是傅勒苦口婆心的劝说,一边是派尔对傅勒的话置若罔闻,根本不理会他在说什么。恰如黑格尔所说"人类从历史中学到的唯一教训,就是人类无法从历史中学到任何教训。"派尔看不清局势,因为他的眼睛被蒙蔽了。面对傅勒的良药苦口,派尔表面上敷衍着傅勒,在他的内心深处,真正的行动计划已经形成。

在广场爆炸案后,和派尔的最后一次交谈没有效果,这次交谈促使傅勒决定采取直接行动。傅勒质问派尔,谁应该为此事件负责。派尔把一切的责任推给了泰将军。派尔终究没放弃泰将军,他认定泰将军是唯一的希望,将来的某一天可以依靠他。这让傅勒觉得"这是一场没有希望的争论,说下去也没用处。"(199)傅勒绝望了。绝望之中,傅勒按预先的约定,向窗外的三角车夫发出了信号。在这场谈话中,有两处预示死亡的征兆。第一处是"我似乎也不会改变的——死而后已,"(203)暗示派尔为他的"理想"献身。第二处是派尔一动,眼镜落在地上打得粉碎;预示派尔死亡的结局。

傅勒和派尔之间的争论不可能有结果,因为"傅勒和派尔代表对立的价值观:世故和天真,怀疑和意识形态,现实主义和理想主义。"①派尔带着意识形态的理论来到战火纷飞的越南,他认为越南需要第三势力。"但派尔是危险的无知者,游荡在政治的雷区"②。派尔响应美国政府的号召,派尔寻找、赞助第三势力。傅勒的规劝起不到任何作用,因为派尔"满脑子好用意可又幼稚无知,他给这些东西武装得水泄不通。"(186)面对傅勒的劝说,派尔执拗、一意孤行、执迷不悟。傅勒放弃了"不介入"的原则,必须采取行动阻止派尔继续祸害无辜的平民。派尔"永远是天真幼稚的。你不能责怪天真的人,他们永远是无罪的。你只有管住他们,要不然就消灭他们。"(186)傅勒面前只有两条路可走:要么管住派尔,要么消灭他。在管不住的情况下,傅勒只有"消灭"他。派尔去向大使报告战果,傅勒向越盟地下组织求助。傅勒直接拦住一架三轮车,到美获街去找周先生。为了制止派尔继续残害无辜,与越南人策划了一次暗杀,主动去约见派尔,将派尔骗到指定地点后将其杀掉。

---

① Paul O'Prey, *A Reader's Guide to Graham Greene* (New York: Thames and Hudson, 1988), 103.

② Ibid, 103.

派尔被越盟杀死。傅勒开始时冷漠地对待殖民侵略,完全没有一点正义感,圆滑世故,保持"中立",避免惹上任何麻烦,深受西方暴力文化的毒害。但派尔肆意妄为最终让傅勒有所行动,谋杀了派尔。派尔不能再谋害越南人的生命。傅勒因此被称为越南人民的拯救者。

无论是法国普通的士兵还是美国的士兵派尔,他们是殖民权力的代理人。他们将暴力的恐惧和血腥刻在被殖民者的身体上。以杜鲁恩为代表的法国士兵对越南战局有清醒的认识,但以派尔为代表的美国士兵在美国政府的灌输下,对越南战争抱有幻想,用一厢情愿的援助把越南拖进战争的深渊。傅勒希望能借自己国家的历史来劝告派尔不要将自己国家的意志强加在他人身上,但派尔执迷不悟,坚持自己的拯救行动。实际上,派尔的拯救却给越南人带来了灾难。

傅勒在劝诫无果的情况下,和越盟联手谋杀了派尔,但傅勒随之陷入自我谴责之中。无论是凤儿还是凤儿给他准备的鸦片烟都不能给他带来安宁,因为傅勒背叛了自己的"不干预"信条,背叛了曾搭救自己的朋友。傅勒已经像派尔一样卷了进去。派尔死后,傅勒作为杀人案犯罪嫌疑人被法国警察魏哥特审讯。傅勒声称他和此事无关,并且做了不在犯罪现场的证明。魏哥特一直怀疑傅勒参与了派尔的谋杀,希望傅勒能坦白此事,但傅勒坚决否认。魏哥特转身走的时候,"我才想起他先前望着我不胜其惋惜,就仿佛望着一个他抓到的受无期徒刑的囚犯。"(158)傅勒受良心的折磨和惩罚,可他又不愿向警方透露实情。最后一次遇见像牧师一样的魏哥特,魏哥特调查了派尔的狗爪上的水泥,这水泥证明派尔在死之前曾到过傅勒的住所。魏哥特希望傅勒透露一些信息。可傅勒拒绝了这个暗示,"我没有什么可以告诉你的。一点也没有。"可魏哥特并不死心,"到了房门口,他又转过身来,仿佛他还不甘心放弃希望——他的希望或我的希望。"(192)望着魏哥特远去的背影,傅勒多么希望有勇气叫回魏哥特,向他忏悔事情的真相:"你说的对。派尔死的那晚上,我的确见过他。"(193)

派尔死后,傅勒事事顺心:他在越南的职位保住了,不必回到英国去;远在英国的妻子同意离婚;他可以娶凤儿儿为妻。但是派尔的影子一直在那,"在我对面那书架上,《西方的任务》赫赫然立在那儿,像一张六英寸相片——一个年轻人,一头军人式的短发,一条黑狗跟在他脚边。"(214)傅勒很难从记忆中将派尔的影子抹去,最后无法消解的负罪感使他发出绝望的叹息:"自从他死了,对我倒是事事如意。但是我多么盼望世界上还有一个人,让我可以向他说我很抱歉。"(215)傅勒杀死派尔使他失去了他"不介入"的原则。

　　傅勒通过和另一个美国人格兰迦的交谈,让傅勒认识到他也和派尔一样,对别人的痛苦一无所知,仅凭自己的感觉做事。这是傅勒反省的另一个方面。傅勒按计划把派尔"出卖"给越共的那个晚上,在酒店里碰上了他一向讨厌的格兰迦,后者正在为自己的儿子开庆生宴会。格兰迦突然撇开自己的客人,气势汹汹走上前来与傅勒打招呼。他承认自己不喜欢英国佬,因为"你们这些家伙说话像放屁。你们都高傲极了。你们自以为无所不知。"(210)傅勒以为格兰迦要打他,他这样说是为了打架前的挑衅。但没想到格兰迦向他告诉了事情的原委:他订宴会本是为了庆祝儿子的生日,却在当天收到了儿子病危的通知,因为他儿子患了小儿麻痹症,情形很坏;他宁愿用自己的命去换儿子的命。因为有写稿任务不能回家,这个一向"粗鲁"的男人竟然当着傅勒流出了眼泪。并且格兰迦替他的助手打圆场,以免他的助手丢掉饭碗。这时傅勒才突然认识到,自己一直自以为是,许多事情都没看见:"难道我也非得要把我的脚踩进了人生的泥沼,才看得见痛苦吗?"(211)傅勒看到了表面粗鲁而内心善良的格兰迦,甚至向他道歉对他的误解。傅勒一直在批判美国人的"无知"与"自以为是",却不知道在美国人的眼里,英国人同样是"自以为无所不知",而这不过是另一种形式的"无知"与"自以为是"罢了。如果说傅勒最反感派尔的地方是他无视他人痛苦和自我感觉良好的话,那么傅勒一样看不见别人的痛苦,一样有着强烈的优越感。

　　小说以派尔的死开始,结束于傅勒对派尔的死表示忏悔,小说通篇可解读为傅勒对消灭派尔的辩护。"小说开始和结束于派尔被暗杀。在傅勒的思想里,在开始和结束之中是对导致谋杀事件的重构。"①傅勒认为派尔是按照一己之愿来"帮助"越南人,而傅勒何尝不是按照自己的意愿消灭了派尔。傅勒和派尔是帝国主义者,"为什么描述帝国主义的欧洲人不肯或不明白他或她就是帝国主义者。"②傅勒何尝不是像派尔一样,打着拯救越南人民的幌子,和派尔争夺他想要的女人—凤儿。傅勒想得到凤儿,并不是因为他想保护凤儿,让她过上幸福的生活,而是为了满足傅勒的一己之私。甚至在和派尔的争斗中,不惜用谋杀的手段杀掉派尔。傅勒反省的结果是他认识到他和派尔一样是帝国主义者:自以为是,一厢情愿,给别人造成的痛苦不自知。

---

① Paul O'Prey. *A Reader's Guide to Graham Greene*(New York:Thamens and Hudson,1988),103.
② 爱德华·萨义德:《文化与帝国主义》,李琨译,北京:三联书店,2003,第231页。

第三节 殖民意识

　　傅勒对文化暴力经历了从疏离到介入的过程,但介入后陷入自责中。这一切的背后是因为傅勒也是一个帝国主义者,他有着矛盾的殖民意识。傅勒一方面表明了自己对殖民活动的憎恶和对殖民地人民苦难的同情,但他的思想意识深处还是隐约透露出其亲殖民主义的意识。傅勒在批判法国和美国在越南的殖民主义罪行,同时也带着殖民主义的视角去看问题,心中充满了矛盾的殖民意识。

　　1)傅勒的反殖民意识

　　傅勒的反殖民意识主要体现在对殖民战争的控诉和谴责、反对美国干涉越南事务、暗示殖民主义必将衰落等三个方面。

　　傅勒的反殖民意识首先体现对战争的控诉和谴责上。傅勒的新闻报道展示了法国发动的侵略战争对越南人民造成的赤裸裸的伤害。在法国和越南的拉锯战中,大批越南人流离失所,许多人栖身教堂成为无家可归的难民;无辜的平民死于枪林弹雨,越南大地尸横遍野,血流成河;人们被迫抛妻别子,离开家园,到处奔逃;曾经秩序井然、最有生气的城市变成了最死寂的地方,到处是断瓦残垣。除了各种战役造成的破环之外,各种党派纷纷涌现,法国的殖民势力、美国的渗透势力、争取民族解放的越盟、高台教、美国支持的泰将军的第三势力等。这些势力互相较劲,各种暴力事件不断发生。越南被破坏得满目疮痍,人民挣扎在死亡线上。

　　战争不仅给被侵略的越南带来了难以估量的损失和破坏,也给发动战争的法国带来了伤痛。受伤的士兵无法得到救治,死于坏蛆。法国每年损失一整班圣西尔军官学校的毕业生。1950－1951 年法军在越南的司令官狄拉特的独子死在越南战场。法国士兵也认识到他们打不赢这场战争,但"他们是职业军人:我们不得不继续打下去,等那些政客们叫我们停止才停止。说不定他们会在一起开个会,同意和平停战,其实那样的和平当初开始时就可以取得的,那么一来,这许多年的仗全都白打了。"(173)无论是高高在上的将军,还是普通的士兵,都无法逃离战争带给他们的创伤。

　　战争是把双刃剑,无论是发动殖民战争的法国还是被殖民的越南,给受到了严重的伤害。发动战争的是"政客",受伤的是人民和士兵,他们无法控制他们的命运,是国家机器上的零件。对战争罪行的控诉和谴责是傅勒的反殖民意识的主要体现。

傅勒反殖民意识的第二个体现是反对美国干涉越南事务。傅勒通过对新殖民者罪行的披露,表达了对殖民主义的不满。为了在越南建立亲美的政权,美国以"经济援助团"之名,悄悄派特工派尔等军事人员进驻越南。美国派遣特工到越南的目的是为了将美国政府的意识形态强加给殖民地的人民,从精神上奴化被殖民者,为殖民者的侵略和掠夺效力。傅勒规劝派尔不要相信约克·哈丁宣传的"第三势力"。傅勒劝导派尔放弃到越南寻找亲美的政权的使命,让越南人民自己作出决定。傅勒嘲笑派尔相信约克·哈丁,认为约克·哈丁的理论根本不符合越南民众的实际。傅勒批判西方的介入只会打乱这里原有的秩序,越南和所有国家一样,自有其文明和未来,根本不需要西方的拯救。傅勒认为派尔带给越南的工业文明不过是"留下一点点装备和一种玩具工业。"(105)傅勒更推崇越南的农业文明。对派尔代表的自由主义不屑一顾。在傅勒的家中第二次面对面的交谈,傅勒试图警告派尔不要重蹈旧殖民主义国家的老路。

揭露了美国名为援助实际上是掠夺的事实。把殖民地当作殖民帝国的某一原料产地,是殖民帝国最常用的剥削殖民地的手段之一。美国力图争夺控制越南的水稻销售。水稻是越南的主要农作物,控制了水稻意味着控制了越南的经济命脉。"那一带是产水稻的地区,每年一到了快要收获的季节,争夺大米的战事往往就展开了。"(19)美国不仅争夺越南的自然资源,也争夺越南的商品市场。把殖民地作为殖民帝国商品的倾销地,是剥削殖民地的另一种手段。"我们要把一些本地工业扶植起来,我们不得不防备法国人。他们只要越南人买法国货。"(78)作为二战后新崛起的帝国主义国家,美国同英国和法国等老牌殖民主义国家争夺第三世界国家的原料产地和商品市场。傅勒通过新闻的职业,认识到了帝国主义的罪恶,让新闻报道揭露了帝国主义的侵略。

傅勒在揭露新老殖民者所犯罪行的同时,还暗示了殖民主义日趋衰落的必然趋势。由于傅勒经历了英帝国的殖民主义从繁荣昌盛到衰落的过程,目睹了法军在越南的狼狈状况,预料到法国在这场战争中必然失败的结局。他对美殖民主义的行径发出了警告,希望美国不要重蹈英国和法国的覆辙。"我们是老牌殖民国家的人,可是我们从现实中学到了一点东西,我们已学会了不乱玩火柴。"(178)傅勒对美国在越南寻找代理人——"第三势力",并把泰将军当成"民族民主"颇有微词,认为这是美国在玩火—搬起石头砸自己的脚。派尔自认肩负传播文明和拯救人类的任务。派尔打着正义的旗号,将西方的"自由""民主"等概念灌输给越南人。派尔最终的结局——被越南人闷死在淤泥里,传达了美国干涉越南必将失败和美国在越南的殖民统治必将走向衰亡的信号和帝国主义殖民进程的必然终结。

2)傅勒的亲殖民意识

作为到越南的法国战地记者,代表了法国殖民的利益,充满了亲殖民意识。《沉静的美国人》透露出傅勒的亲殖民主义意识主要体现在其最初"不介入"的立场、傅勒眼中殖民地是人类社会的另类、殖民地恶劣的居住环境和混乱的社会环境、外来宗教与本土宗教的不同等方面。

傅勒对法国的殖民战争坚守"不介入"的立场,体现其亲殖民意识。不介入的背后是殖民者的冷漠和对殖民战争的认可。小说扉页上的阿·赫·克洛的一小节诗很好地展示了傅勒的这种原则:"我不喜欢受感动:因为意志受到激发;行动是最好的东西;我战战兢兢怕出事,怕感情出事,怕措置失当;凭我们可怕的责任感,最容易干出这种事。"他认为作为新闻记者,是不带偏见地、客观地报道现实:"我没有卷入漩涡。没有卷入漩涡。"(23)傅勒反复强调"政治并不使我感兴趣;我是一个记者。我是没有立场的。"(105)即使是面对赤裸裸的流血事件,傅勒也只是不带感情地报道他看到的事情。冷眼旁观法国对越南的殖民侵略,美国对越南的文化渗透和经济掠夺。保持"中立",显示了傅勒实际上是深受文化暴力的毒害,失去了做人的正义感,默认了殖民侵略的合理性。

傅勒眼中的殖民地是文明社会的另类形象。殖民地人民是沉默的他者形象,西方殖民者与殖民地人民是自我与他者的关系。自我与他者的关系,本来是一个哲学命题,黑格尔对此早有深入的探讨:他者指主题之外的一个不熟悉的对立面或否定性因素,因为他者的存在,主体自我的权威才得以界定。[①]"后殖民理论家们将殖民地的人民称之为'殖民地的他者',或直接称为'他者'。萨义德认为,东西方的二元对立促成了他者的形成。他者是相对于自我而存在的。对欧洲白人来说,我是中心,欧洲之外的东方是相比较而言的他者,这个他者永远处于边缘地位,萨义德认为东方是:"欧洲文化的竞争者,是欧洲最深奥、最常出现的他者(the Other)形象之一。"自我与他者之间并不存在高低、优劣等不平等关系,但当萨义德将自我与他者演化为东西方之间的关系时,自我与他者的关系才演变成不平等的话语与权力关系。而且,在萨义德的论述中,自我和他者的关系是中心和边缘、控制和被控制的关系。"东方与西方之间存在着一种权利关系,支配关系,霸权关

---

① 石海军:《后殖民:印英文学之间》,北京:北京大学出版社,2008,第154页。

系。"①萨义德把东方看成是西方的话语建构,东方是作为与一个与西方相对立的"他者"形象出现的。东方人被构建为有待教化的"他者",而西方则通过将东方贬为"他者"来强化西方的优越性。斯皮瓦克说,"东方和第三世界永远是西方人眼中的'他者',处于远离西方话语中心的边缘地带。"②东方是被"东方化"的东方,"之所以说东方是被'东方化'了,不仅因为它是被 19 世纪的欧洲大众以那些人们耳熟能详的方式下意识地认定为'东方的',而且因为它可以被制作成——也就是说,被驯化为——'东方的'"。③ 东方是西方人眼中的东方,是被西方人驯化的东方。傅勒以"东方化"的方式来刻画越南女人凤儿。傅勒是观察者也是第一人称叙述者,凤儿作为被叙述的客体,是被观察者和被描述者。在傅勒的眼里,凤儿是"沉默的他者":凤儿从不谈自己,从不表达自己的感情、存在或经历,因为她不能表达自己的感情。凤儿不能言说自己,她只能被言说。傅勒是相对富有的英国白种男人,正是这些起支配作用的因素使他可以替代凤儿说话。傅勒也曾"非常热情地想了解她,我会哀求她告诉我她想些什么,她始终默默不语。"(151)"无言状态或失语状态说明言说者的缺席或被另一种力量强行置之于'盲点'之中。"④在傅勒眼中,凤儿是他晚年生活的理想伴侣,一个能让傅勒摆脱孤独的"物件"。凤儿对傅勒而言,她的作用是"烧开水,拿茶杯倒茶,夜间应某时之需,让我休息的好。"(3)傅勒寻找的是打发寂寞独孤的伴,当他察觉到要失去凤儿时:"我第一次不寒而栗,预感到来日的孤独寂寞。"(60)傅勒用描写动物的词汇来形容凤儿,"跟一个安南女人睡觉,就像带着一个小鸟睡觉,"(4)"她睡在我脚边,像一条狗"(135)。傅勒以高高在上的姿态把凤儿视作低他一等的动物,没把凤儿视为和他平等的人。傅勒把凤儿看作是纵欲和寻欢的工具:"我只要她的肉体,我要她陪我睡。我宁愿摧毁她,跟她一起睡,不愿照顾她的鬼利益。"(61)傅勒和凤儿是各取所需:凤儿寻求安全感和物质回报,傅勒找个伴以打发寂寞时光。正如傅勒所言,"凤儿是那种女人,她们爱你是为了报答你的体贴、你使他们有了安全感以及你赠予他们的礼物;她们恨你是为了你打她们,或是为了一件待他们不公平的事。她们不知道爱是怎么回事。但对一个上了年纪的人来说,这倒挺安全的,她不会离开家逃走,只要家很幸福的话。"

---

① 爱德华·萨义德:《东方学》,王宇根译,北京:生活·读书·新知三联书店,1999,第 2、8 页。
② Gayatri Spivak, *In Other Words : Essays in Cultural Politics* (New York: Routledge, 1993), 104.
③ 爱德华·萨义德:《东方学》,王宇根译,北京:生活·读书·新知三联书店,1999,第 8 页。
④ 朱立元:《当代西方文艺理论》,上海:华东师范大学出版社,1997,第 426 页。

作为西方白人的傅勒没有摆脱东方人是愚昧、落后的窠臼。在傅勒的描述里，凤儿缺乏理性并有待教化。傅勒把他和凤儿不能相互交流归咎于凤儿的无知，"你偶尔在谈话中提到希特勒，她会插嘴问希特勒是什么人。要跟她解释，可就更困难了。"(4)凤儿不仅愚昧无知，还贪婪、狡诈。凤儿向往美国的摩天大楼和自由女神像。她的生活是看西方的电影，买丝巾，看英国女王画传，好像越南的战乱不在她的视野之内。她把嫁给欧美人作为她摆脱越南境况的方式。凤儿建议傅勒用金钱来解决和妻子的婚姻纠纷。傅勒说他没有积蓄，凤儿建议他取出"他的人寿保险费。"(135)凤儿选择傅勒或派尔的标准是看谁更有钱，谁能给她提供更好的生活。傅勒认为派尔"也许是个不高明的情人，然而我却是穷光蛋。他手头有的是说不尽的体面。"(60)这是傅勒败给派尔的原因。当得知派尔死了，凤儿"没有哭闹，没有眼泪，只有思索——是一个人不得不改变生活路子时那种长久的私自思索。"(16)凤儿是无情的。凤儿对爱情没有过高的期许，也没有真心的投入。"她这个人多么现实啊，既不小看金钱的重要性，也不对爱情做出任何重大和约束性的声明。"(135)傅勒认为凤儿会受人世间生老病死的苦，但她"决不会像我们这样受苦，受思前想后的苦，受种种着迷的苦——她磨不坏，她只会自己朽坏。"(151)即便是受苦，凤儿也不能和傅勒相比，因为傅勒有思想，而凤儿是没有思想的动物。

傅勒不仅刻画了凤儿的形象，也描绘了精于算计、贪婪的凤儿的姐姐徐小姐。凤儿的姐姐徐小姐精通英语，她能用英语和傅勒、派尔等西方人交流。但在傅勒的眼中，徐小姐是个贪婪、虚伪、爱慕虚荣、精于算计的女人。徐小姐和凤儿都表现出"以西方的消费主义和物质主义为楷模的理想主义。"①凤儿的一切事情都由她姐姐把关，盘算着用凤儿的美貌换取好的生活。"她那姐姐一心想要她好好跟一个欧洲人结婚。"(46)徐小姐一出场，就盘算着如何给凤儿找个好婆家。她觉得傅勒不能给她的妹妹提供好的生活，她时时提防傅勒，"可是三个月过去了，我才能和她在美琪大饭店的阳台上单独会见一会儿，而她姐姐待在隔壁房间里，还不住催问我们打算多会儿回进屋里去。"(46)当年轻的派尔邀请凤儿跳舞时，她如同做媒一般盘问派尔的家世：问他是否来自纽约，父亲是做生意的吗？在派尔的帮助下，她到美国公使馆做打字员。傅勒去美国公使馆时，"凤儿的姐姐在一个打字台后面望着我。我从那双贪婪的褐色眼睛里所看到的是胜利吗？"(195)其对徐小姐的厌恶溢于言表。通过凤儿姐妹的形象揭示出二战后，受过教育的殖民地人民对欧美趋之

---

① Maria Couto, *Graham Greene : On the Frontier : Politics and Religion in the Novels* (London : Macmillan, 1988), 169.

若骛的盲从心理,而这种心理是建立在对他们物质生活的向往和功利主义之上。

除了凤儿姐妹之外,小说还刻画了其他的越南人形象。如果说年轻的越南女性攀附西方文明,而年老的越南女人则是好事的饶舌者。那些穿黑裤子的老婆子,与穿白绸段子和花旗袍的凤儿形成对比,说着傅勒不懂的语言,嗓音一起一伏。当凤儿重新回到傅勒身边,"我们走上楼梯口的时候,那些老太婆都掉过头来,我们刚刚走过她们身边,她们的声音就一起一伏,像一齐在唱什么。"(3)这些老太婆闲来无事,以别人的私事做谈资。"那些老太婆又叽叽喳喳地说什么,在我听来只像是枝头小鸟在闲磕牙。"(164)傅勒鄙视饶舌的越南老女人,对她们讲得语言不屑一顾。傅勒刻意去刻画这些人物性格上的不足,体现着对这些人抱有不屑一顾的殖民意识。

傅勒对被男人蹂躏的越南妓女没有一点的怜悯和同情之心。出卖肉体的妓女处在这个社会的底层,但更可悲的是她们意识不到这种悲惨的处境,会争先恐后地拉客人,为了争夺客人打起来。"只有那一小群正在扭打、摸索、吵闹的姑娘使我看到了老习惯、老样子还没有变。"(35)派尔的袖子上吊着一个姑娘,"像钓上了一条鱼那样。"(36)还有一群女演员,"她们穿上露胸的晚装,泰着假珠宝和假乳房,声音嘶哑,显得至少跟西贡的大多数欧洲女人同样讨人欢喜。一群年轻的空军军官向她们吹口哨;她们富有魅力地微笑着。"(44)越南女人模仿欧洲女人,以维持生存。傅勒对她们越南的生存状态是漠不关心的,把她们只看作玩偶。

无论对出卖肉体换取物质回报的越南妓女和女演员,还是对吸食鸦片的越南男人,傅勒同样都冷漠不关心。越南男人周先生是越盟地下党员。周先生极瘦削,"他身体很薄,像放在铁盒里分割饼干的那张防油纸。"(142)他的极瘦削是多年吸食鸦片的结果,"他看看我,是抽鸦片的人那种无动于衷的眼光;两颊低陷下去,小娃娃似的细手腕,小女孩那样的胳膊。"(142)越南人由于多年吸食鸦片,变成了手无缚鸡之力的羸弱之人。

在傅勒眼中,无论是攀附的越南女人还是羸弱的越南男人,都是失语和被动的,他们不能表达他们的所思所想,他们甚至都没有思想;那些被打死、炸死、炸伤的越南人甚至都没发出他们痛苦的呼喊,他们是欧洲白人的他者,无语的他们是"沉默的他者"。傅勒对越南人的刻画,显示了他作为欧洲白人的种族优越感,潜意识地流露出他的亲殖民意识。

傅勒的亲殖民意识还体现在认同接受西方教育的越南人,认为他们和西方相近的生活方式是优雅的。越南人讲西方语言而不讲越南语,接受西方教育的越南人成为夹缝人(intermediary)或香蕉人,即使他们是越南人,但他们接受的是西方的文化和价值观,是值得赞赏的。凤儿会讲法语,她的姐姐英语讲得很好。在小说里,这两姐妹自始至终没讲过一句越南话。范侬曾指出,使用一种语言就意味着"接受了一种文化"。因此,切断一个人与母语的联系,这就意味着与他的本源文化断绝了联系。在殖民统治下,压制地方语言而推崇英语或法语已成为帝国主义统治的一种手段。① 帝国压迫的主要特征之一是对语言的控制。在舞池边跳舞的两对越南人,一个是法国东方汇理银行的会计师,对华兹华斯很有研究,"自己也写些歌咏自然的诗。碰上休假,他就去大叻,那是他能欣赏英国湖区气氛的最近的地方。"(37—38)"在具体的文学层面上,大英帝国号召学习文学,目的就是要在殖民地培养对于帝国的忠诚。"② 这两对越南人"那种文明气派我们西方人无法比得上。"(37)为了提高自己的地位,西方化的越南人"普遍带上了英国开明绅士的面具,甚至做得比真正的英国绅士更正确,更像殖民主义者,更加英国化。"③ 他们接受了宗主国的文化,竭力模仿殖民者的穿着、言谈、行为和生活方式。这反映了某些被殖民的个体迫切希望被殖民文化接受的愿望,也反映出他们对自身文化的羞愧。殖民者用宗主国的思想灌输他们,让他们成为维护殖民统治的顺民。西方文化和殖民主义形成共谋。

傅勒的报道中还展现了越南人恶劣的居住环境和混乱的社会环境,暴露了傅勒采用西方人的眼光来审视东方的倾向。傅勒这样描述越南人的居住环境:越南农民住在土屋里,"乡下农民晚上回到他的土屋里,你以为他们会坐下来想想上帝和民主么?"(103)由此可推断出傅勒的用意:没有思想的越南农民只知道劳作。傅勒的助手杜明格斯住在一条破烂的僻街上。周先生住的地方破破烂烂,"活像一座随时待拆的帐篷住户。"(141)在这样的屋子里住着的是打麻将的人和爬来爬去的孩子。越南人居住的地方是破破烂烂和污秽不堪的。为了衬托越南人居住环境的粗糙,傅勒无意识地和欧洲白人的居住环境做了对比。美国人派尔住在一栋新别墅里,派尔工作的地方——美国公使馆甚至在洗手间里都安装了冷气调节器。土屋和新别墅和有空调的工作场所形成鲜明的对比:一个是落后的东方,一个是文明进步的西方。

除了恶劣的居住环境,小说中的社会环境也很混乱。二战后的越南汇集了各方势力:法国殖民势力,美国渗透势力,争取民族解放的越盟,支持越盟的中国,越南境内宗派纷争的宗教势力,其中包括既打法国人又打越盟的泰将军。越南也汇

---

① 艾勒可·博爱默:《殖民与后殖民文学》,盛宁,韩敏中译,沈阳:辽宁教育出版社,1998,第237页。
② 艾勒克·博埃默,《殖民与后殖民文学》,盛宁,韩敏中译,沈阳:辽宁教育出版社,1988,第58页。
③ 同上,第132页。

集了来自不同国家的人:法国人、英国人、美国人、中国人、印度人和外籍兵团的雇佣兵,摩洛哥人或系非洲的塞内加人等。越南不仅是各色人等混杂的地方,也是一个乱世中打发日子的地方。各种鸦片馆、赌场、妓院和酒馆等让人堕落的地方充斥越南城市的街头。而在田地里耕作的越南农民,生活水平极其低下。光着身子的小娃娃们坐在水牛背上,庄稼人戴着像贝壳似的帽子,对着竹编的小棚簸谷子。对傅勒来说,"那是属于另外一个世界的东西。"(89)他对越南农民的生活不屑一顾。

傅勒的亲殖民意识还体现在对天主教的歌颂和对高台教、和好教等越南本土宗教的贬抑上。天主教是法国殖民者传给越南殖民地人民的,是带有殖民色彩的宗教。傅勒称赞天主教在战争中扮演的救死扶伤的角色。战争开始的时候,发艳大教堂成了难民们躲避灾难的地方,"不管他们信不信天主教,在这里总安全些。"(48)在这座教堂里,修女成为救死扶伤的护士,神父成为外科医生。高台教、和好教是越南土生土长的宗教,傅勒对这两种宗教充满了鄙夷。这两个宗教不是为了救苦救难,而是利用宗教聚敛钱财,并且这两派宗教争权夺利还经常打架。高台教教主的助手"相当教化,相当缺德……他们装模作样却搞到了军火、物资,甚至还赚到了现钱。"这两派宗教还有私家军队,"谁出钱他们就替谁卖命,要不就寻仇报恨。"(19)土匪头子泰将军就出自高台教。天主教是维护和平、反对战争的,而高台教、和好教等越南本土的宗教是寻衅滋事、惹是生非的。通过对外来宗教和本土宗教的对比,本土宗教成为他者,是集邪恶、好战于一身的魔鬼。

傅勒虽然打着"不介入"的旗号来到越南,要客观公正地报道越南社会,但他的所作所为和他的口号是背离的。傅勒去的地方是美国和法国支持的南越西贡,而不是胡志明领导的北越河内。甚至南方和北方的色彩也迥然不同,"在南方,到处是金黄和嫩绿,到处看见鲜艳的衣裳,在北方则是一片深黄,人们都穿着黑衣裳,到处是敌对的重重大山和飞机的轰鸣。"(20)他声称他是"不参与""不介入",但他称胡志明领导的越盟为"红色威胁"。并且他所谓的"不参与""不介入",是因为他觉得死在越南是一件不值得的事:在这个不是我的国家、和我无关的战争里,如果丢了条腿或被飞溅的碎片击中,将会多么愚蠢。在发艳,傅勒跟随的是法国巡逻队,把争取越南解放的越盟视作敌人、敌军,敌人、敌军这几个词共出现六次。在傅勒的叙述中,是越盟的迫击炮把发艳这个最有生气的地方炸成了最死寂的地方。当傅勒和派尔被困于碉楼之中,傅勒在无意识里,越盟是杀害两个碉楼哨兵的凶手。

傅勒之所以会有亲殖民意识的种种表现,是因为他难以摆脱长期积淀形成的种族优越感。"所谓种族优越感的意识形态说的就是,英国人是天生的帝国主义者,就像罗马人是天生的统治者一样,他们掌握了一套自由而公正的法律系统,他们最大的优点就是有责任心和仁慈,因而他们是殖民地人民所能希望看到的最好的统治者。"①作为英国的白人殖民者,傅勒的种族优越感是天生的,并无意识地显露在其言谈举止中。"一张欧洲人的脸在战地上就是通行证。"(50)"我的皮肤的颜色和眼睛的形状就是护照。"(99)"声音也有颜色,黄色的声音唱歌,黑色的声音像漱口,我们的声音只是说话。"(105)傅勒骄傲于他这张欧洲白种人的脸,这张白人的脸可让他出入各种地方;傅勒也以他的语言而自豪,只有白种人的语言是在说话,而黄种人和黑种人的语言都不是在说话。傅勒的种族优越感体现在把越南人刻画成愚昧、落后,和无意识流露出的白人优秀的感觉。这折射出傅勒在处理殖民地问题时透露出的殖民视角,"也仍然同样是按照殖民主义的视角去看问题,尽管他们自己想向它挑战。"②

傅勒的反殖民意识主要体现在对殖民战争的控诉和谴责、反对美国干涉越南事务、暗示殖民主义必将衰落等三个方面。

傅勒的反殖民意识首先体现对战争的控诉和谴责上。傅勒的新闻报道展示了法国发动的侵略战争对越南人民造成的赤裸裸的伤害。在法国和越南的拉锯战中,大批越南人流离失所,许多人栖身教堂成为无家可归的难民;无辜的平民死于枪林弹雨,越南大地尸横遍野,血流成河;人们被迫抛妻别子,离开家园,到处奔逃;曾经秩序井然、最有生气的城市变成了最死寂的地方,到处是断瓦残垣。除了各种战役造成的破坏之外,各种党派纷纷涌现,法国的殖民势力、美国的渗透势力、争取民族解放的越盟、高台教、美国支持的泰将军的第三势力等。这些势力互相较劲,各种暴力事件不断发生。越南被破坏得满目疮痍,人民挣扎在死亡线上。

战争不仅给被侵略的越南带来了难以估量的损失和破坏,也给发动战争的法国带来了伤痛。受伤的士兵无法得到救治,死于坏蛆。法国每年损失一整班圣西尔军官学校的毕业生。1950—1951年法军在越南的司令官狄拉特的独子死在越南战场。法国士兵也认识到他们打不赢这场战争,但"他们是职业军人:我们不得不继续打下去,等那些政客们叫我们停止才停止。说不定他们会在一起开个会,同意和平停战,其实那样的和平当初开始时就可以取得的,那么一来,这许多年的仗全都白打了。"(173)无论是高高在上的将军,还是普通的士兵,都无法逃离战争带给他们的创伤。

① 艾勒克·博埃默:《殖民与后殖民文学》,盛宁,韩敏中译,沈阳:辽宁教育出版社,1998,第48页。
② Ibid,1163.

战争是把双刃剑,无论是发动殖民战争的法国还是被殖民的越南,给受到了严重的伤害。发动战争的是"政客",受伤的是人民和士兵,他们无法控制他们的命运,是国家机器上的零件。对战争罪行的控诉和谴责是傅勒的反殖民意识的主要体现。

傅勒反殖民意识的第二个体现是反对美国干涉越南事务。傅勒通过对新殖民者罪行的披露,表达了对殖民主义的不满。为了在越南建立亲美的政权,美国以"经济援助团"之名,悄悄派特工派尔等军事人员进驻越南。美国派遣特工到越南的目的是为了将美国政府的意识形态强加给殖民地的人民,从精神上奴化被殖民者,为殖民者的侵略和掠夺效力。傅勒规劝派尔不要相信约克·哈丁宣传的"第三势力"。傅勒劝导派尔放弃到越南寻找亲美的政权的使命,让越南人民自己作出决定。傅勒嘲笑派尔相信约克·哈丁,认为约克·哈丁的理论根本不符合越南民众的实际。傅勒批判西方的介入只会打乱这里原有的秩序,越南和所有国家一样,自有其文明和未来,根本不需要西方的拯救。傅勒认为派尔带给越南的工业文明不过是"留下一点点装备和一种玩具工业。"(105)傅勒更推崇越南的农业文明。对派尔代表的自由主义不屑一顾。在傅勒的家中第二次面对面的交谈,傅勒试图警告派尔不要重蹈旧殖民主义国家的老路。

揭露了美国名为援助实际上是掠夺的事实。把殖民地当作殖民帝国的某一原料产地,是殖民帝国最常用的剥削殖民地的手段之一。美国力图争夺控制越南的水稻销售。水稻是越南的主要农作物,控制了水稻意味着控制了越南的经济命脉。"那一带是产水稻的地区,每年一到了快要收获的季节,争夺大米的战事往往就展开了。"(19)美国不仅争夺越南的自然资源,也争夺越南的商品市场。把殖民地作为殖民帝国商品的倾销地,是剥削殖民地的另一种手段。"我们要把一些本地工业扶植起来,我们不得不防备法国人。他们只要越南人买法国货。"(78)作为二战后新崛起的帝国主义国家,美国同英国和法国等老牌殖民主义国家争夺公共空间,这体现在同英国和法国争夺第三世界国家的原料产地和商品市场上。傅勒通过新闻的职业,认识到了帝国主义的罪恶,让新闻报道揭露了帝国主义的侵略。

傅勒在揭露新老殖民者所犯罪行的同时,还暗示了殖民主义日趋衰落的必然趋势。由于傅勒经历了英帝国的殖民主义从繁荣昌盛到衰落的过程,目睹了法军在越南的狼狈状况,预料到法国在这场战争中必然失败的结局。他对美殖民主义的行径发出了警告,希望美国不要重蹈英国和法国的覆辙。"我们是老牌殖民国家的人,可是我们从现实中学到了一点东西,我们已学会了不乱玩火柴。"(178)傅勒对美国在越南寻找代理人——"第三势力",并把泰将军当成"民族民主"颇有微词,认为这是美国在玩火——搬起石头砸自己的脚。派尔自认肩负传播文明和拯救人类的任务。派尔打着正义的旗号,将西方的"自由""民主"等概念灌输给越南人。派尔最终的结局——被越南人闷死在淤泥里,传达了美国干涉越南必将失败和美国在越南的殖民统治必将走向衰亡的信号和帝国主义殖民进程的必然终结。

由此可见,《沉静的美国人》成功地体现了傅勒矛盾的殖民意识。一方面,傅勒清醒地意识到帝国主义的殖民统治和对第三世界的干涉给第三世界人民带来了灾难。傅勒肯定他们民族自决的权力,劝诫美国不要插手越南事务。傅勒批判法国殖民主义和美国帝国主义的种种罪行,同时还揭露了殖民主义日趋衰落的必然趋势,传达其反殖民主义意识。另一方面作为一名欧洲白种人,傅勒没有摆脱西方那种潜在的二元对立的思维方式,在作品中透露出亲殖民意识。博埃默曾尖锐地指出:"宗主国的作家也好,殖民地的作家也好,他们与政治家和决策者们一样,都深深陷入自相矛盾的窘境。掌权阶层中的某些人虽然有良好的意愿,但他们仍分享了统治者的价值观,象征语言和特权。"[①]傅勒的亲殖民意识体现在不认同被边缘化的越南、用西方人的眼光来审视东方殖民地恶劣的居住环境和混乱的社会环境、对天主教的歌颂和对越南本土宗教的贬抑上。这也印证了萨义德的一个断言:"因此有理由认为:每一个欧洲人,不管他会对东方发表什么看法,最终都几乎是一个种族主义者,一个帝国主义者,一个彻头彻尾的民族中心主义者。"[②]

---

① 艾勒克·博埃莫:《殖民和后殖民文学》,盛宁,韩敏中译,沈阳:辽宁教育出版社,1998,第164页。
② 爱德华·萨义德:《东方学》,王宇根译,北京:生活·读书·新知三联书店,2003,第260页。

第二章　《喜剧演员》和《名誉领事》中的制度化暴力

被人畏惧要比受人爱戴安全得多。——尼科洛·马基雅维利[1]

《喜剧演员》和《名誉领事》都描写了动荡不安、独裁统治下的拉丁美洲国家:一个是海地,一个是巴拉圭。在《喜剧演员》中格林揭露了海地独裁者的恐怖统治。在《名誉领事》中,格林塑造了巴拉圭的军事独裁者斯特罗斯纳。

制度化暴力主要表现为对内镇压和剥削人民,对外向美国出卖国家利益。杜瓦利埃和斯特罗斯纳是制度化暴力的实施者。斯特罗斯纳和杜瓦利埃两人的共同点是对外依赖美国的经济和军事援助,镇压国内人民的反抗,以维持血腥的独裁统治。面对独裁和强权,海地和巴拉圭的人民奋起抵抗。抵抗者要么揭竿而起在深山里打起了游击,要么策划绑架美国大使以释放被政府关押的政治犯。抵抗者寄希望于拉丁美洲的解放神学,期待解放神学能给他们指明出路。

第一节　制度化暴力的两种表现

《喜剧演员》和《名誉领事》深刻地反映了后殖民时期拉丁美洲的制度化暴力。制度化暴力是 1968 年拉丁美洲天主教的主教们在哥伦比亚的麦德林会议上提出的,指拉丁美洲诸国由一小群有势力之人统治,他们彼此之间有联系,形成所谓的"寡头政治";这些军事政权与跨国企业合作,以换取美国的支持。他们通过铁腕的方式来统治人民,在"国家安全"的名义之下,他们忽视人权、公民自由与基本的人性尊严。拉丁美洲的独裁者对外依赖美国的支持,控制本国人民,掠夺、占有拉丁

---

[1]　尼科洛·马基雅维利:《君主论》,张亚勇编译,北京:北京出版社,2007,第 94 页。

美洲的资源;而这种状况更因内在的情形日益恶化。^①严重的两级分化、无孔不入的腐败是拉丁美洲的社会现实。正如古铁雷斯指出的拉丁美洲现实,"我们所面对的,是一个不理人性尊严,不管基本需求,不顾人的死活,不让人享受自由、自治之基本人权的环境;是贫穷、不公、隔离与剥削的综合。"^②这就是最不人道的、反人民的"制度化暴力"。后殖民期间,为了加强对"后院"拉丁美洲的控制,美国政府在这一地区扶植了大批独裁政权。这些拉丁美洲独裁者对外亲美反共,对内独裁专制,成为后殖民时期的一个重要政治现象,其代表人物有海地的杜瓦利埃和巴拉圭的斯特罗斯纳。

一、独裁统治

拉丁美洲的独裁者对外依赖美国的支持,控制本国人民,掠夺、占有本国的资源,形成独裁统治制度,这体现在格林的作品《喜剧演员》和《名誉领事》中。

为了维护在海地的独裁统治,杜瓦利埃对内镇压和剥削人民,对外向美国出卖国家利益。海地与美国有复杂的关系,从海地作为黑人共和国的独立那一刻开始,"美国人就倾向于把它想象为一个可以向里面倾注他们自己思想的真空。"^③1844年—1915年是海地内乱时期,先后更换了22位统治者。为了避免英法对海地的影响,美国在1915年占领了海地,美国对海地的殖民统治一直延续到1935年。从此,海地再也没有逃脱美国的干预和控制。在美国的大力支持下,杜瓦利埃在1957年被选为总统。杜瓦利埃就职后,通过一系列制度实现对人民的镇压和控制,海地开始了恐怖时代。

首先,杜瓦利埃利用他拥有的权力神化自己,制造迷信崇拜。杜瓦利埃认为海地是围着他转的,他就是地球乃至整个世界的中心。他的这种唯我独尊可以用他自己的一句标志性的口号来形容,"我是海地的标志,统一不可分,法兰索瓦·杜瓦利埃。"^④前半句仿法国路易十四:"我乃法国"之狂语,后半句引用美国宪法形容美国为不可分大一统之国,这句口号表现杜瓦利埃的狂妄自大和自命不凡。外交部部长的办公室里悬挂着杜瓦利埃的头像。"头上悬挂着'爸爸医生'的肖像——星

---

① 葛伦斯、奥尔森:《二十世纪神学评介》,刘良淑、任孝琦译,上海:上海三联书店,2014,第301页。
② 转引自葛伦斯、奥尔森:《二十世纪神学评介》,刘良淑、任孝琦译,上海:上海三联书店,2014,第302页。
③ 爱德华·萨义德:《文化与帝国主义》,李琨译,北京:生活·读书·新知三联书店,2003,第412页。
④ 格雷厄姆·格林:《人间喜剧》,丁贞婉译,台北:时报出版公司,1986,第87页。以后的引文均出自该译本,其后的引文只在文中加页码。

期六男爵的肖像。穿一身厚重的坟地凶煞黑色燕尾服。从黑眼镜的厚镜片后面他近视而无表情的眼瞪着我们。传说有时候他亲身去看唐唐·麻酷特将他们抓到的人慢慢地处死,他的眼睛眨也不眨一下。"(180)为了让海地人民崇拜自己,他到处张贴自己的头像。他的头像显示他的冷漠和残忍。杜瓦利埃的狂妄在唐唐·麻酷特的身上也表露无遗,他们慢条斯理地捆绑菲立波医生的尸体,因为"他们是法律"。(202)杜瓦利埃认为他拥有绝对的权力。他的言辞就是对一切事物,包括生与死的最高判断,他的话就是法律。杜瓦利埃另一个绰号是"煞密地王爷"。"煞密地王爷是头顶高礼帽,身穿燕尾服,口衔雪茄,在坟场里出没的。"(61)既然被称为坟场的死神煞密地王爷,杜瓦利埃利用这个称号恐吓人民,神化他的独裁统治。

其次,杜瓦利埃利用海地的巫毒教来维护统治,形成宗教制度。巫毒教是海地的两大官方信仰之一,杜瓦利埃利用人民对巫毒教的顶礼膜拜,迷惑和愚弄百姓。他自称拥有大祭司的权力,又封属下的秘密警察为"巡回巫术师",把他们武装成人民最畏惧的凶神模样:黑衣黑裤黑呢帽,外加黑色眼镜,让他们夜间出去扰民,用最残忍的手段剔除异己。这群打手戴墨镜,是为了掩饰他们内心的情感,是为了让他们的脸部没有表情、僵硬、没有反应,更残暴无道地对付反对他的人民。杜瓦利埃的面目比海地传说中的坟场恶煞还狰狞,海地人把他看成巫毒教中死神煞密地王爷的化身。杜法利埃常扮成凶神的模样睡在空棺中,让人们绘声绘色描述他有坟墓之神驱使尸首为他做事的邪术。菲立波因为在某个场合说过不利于杜瓦利埃的一句话,害怕死在唐唐·麻酷特的手里,就在布朗饭店的游泳池里割腕又割喉自杀。但杜瓦利埃并没有因此就放过他,在他的葬礼上,抢走他的尸体,"放在皇宫的地下室里,要他工作整个晚上"。因为"总统是个巫毒大师","所以他可以作法唤醒死人,有僵尸保护他,晚上就没有人敢攻击他了"(206)。杜瓦利埃这样做的目的是为了恐吓人民,"当他们知道这件事以后。他们害怕死后他们的尸首也会被总统拿去。"(206)杜瓦利埃在利用宗教来愚弄海地人民,维护其统治。

最后,杜瓦利埃建立军警制度,维护其残暴统治。杜瓦利埃建立唐唐·麻酷特私人安全部队,镇压人民反抗,成为其维护统治的有力工具。杜瓦利埃用唐唐·麻酷特替代军队,培养自己的亲信和打手。杜瓦利埃不信任军队,军队处于瘫痪状态。"'爸爸医生'不信任军队。参谋长,我相信,藏在委内瑞拉大使馆里。陆军总将安身在圣·多明戈。有些上校留在多米尼加大使馆,另外有三个上校,两位少校关在牢里——如果还活着的话。"(76)取代军队作用的是秘密警察,即恐卡萨上尉领导的唐唐·麻酷特,只有他们才能保证杜瓦利埃的安全。"在这个独裁的国家里,部长说换就换,太子港只有警察局长,唐唐·麻酷特的首脑和皇宫警卫队的队长职位可以持久——只有他们能提供他们上司的安全。"(182)唐唐·麻酷特是海地克里奥尔传奇中令人畏惧的人物。杜瓦利埃当选总统后的私人安全警卫队以此为名，戴金属边墨镜，阴狠毒辣，为海地恐怖的象征，被称为总统的"幽灵杀手"。恶行累累的唐唐·麻酷特曾经杀害无辜平民至少5万人，令海地人谈虎色变。

唐唐·麻酷特是杜瓦利埃的私人卫队，直接为他服务，其首要任务是残害无辜平民，让他们对政府心生恐惧。一个国际射击比赛的冠军，因被怀疑参与对总统孩子的未遂绑架案。唐唐·麻酷特军队把他的家团团围住，浇上汽油，放火烧房子，然后架起机枪扫射每一名试图从屋里逃出的人。他们让消防队的人阻止火势的蔓延，所以现在看得见街道上的火灾现场"就像拔掉牙留下了一个洞。"(42)被他们摧毁的房子留下污黑的屋梁。杜瓦利埃为了报复攻击警察局事件，从监狱里提两名犯人到公墓枪毙，所有的中小学学生被迫去墓地观看处决，这一场景在当地电视台连续一周每天晚上反复播放。(301)约瑟夫被唐唐·麻酷特抓去一夜，臀部被打碎，成了跛足。"太子港的街头多少受过酷刑而跛足流离失所的约瑟夫。"(4)在大街上，随处可看到"独臂人""单腿的""双腿全没有的男人""鼻子不见了而脸中央留了个大洞的年轻人"。这些人无以为生，只能成为乞丐。这些足见警察制度的残酷。

唐唐·麻酷特不仅对海地人残酷欺压，对来海地的有大使馆庇护的外国人也同样毫不留情。殴打琼斯和布朗、推倒史密斯夫人是其中的三个典型案例。琼斯初到海地，人生地不熟。因为介绍信上写错了介绍人的名字，刚到海地就被投入监狱，遭到痛打。"琼斯坐在草席旁的一个倒置的木桶上，脸上纵横交错地贴着胶布，右臂用绷带裹着吊在腰旁。他已经受过妥善的治疗，但他的左眼仍像带血的牛排。他那件双排扣西装背心，因为上面有铁锈色小小的血迹而更惹眼。"(182)对琼斯只描写了殴打的结果，对布朗则详细展示了被殴打的全过程，从中可看到唐唐·麻酷特出手之狠之猛之毒辣。布朗因为送约瑟夫参加巫毒教的仪式，回到家后遭到唐唐·麻酷特的一顿毒打，如果不是史密斯夫人相救，可能就命丧黄泉了。"唐唐·麻酷特由厨房鱼贯而出，在黎明的微光中被戴墨镜的人所环绕是个很奇特的感觉。恐卡萨上尉向他们做了个手势，其中的一个挥拳击中我的嘴巴，嘴唇破了。"(294)恐卡萨上尉"对刚刚那个人又做了个手势，这回在我脚筋上重重踢了一脚，另外一个把我的椅子拉走，使我跌到我最不该跌的地方：恐卡萨上尉的膝下脚前。"(295)"可是我站起来。右腿一阵剧痛，我退后到游廊的扶手支撑着。恐卡萨上尉换了枪的方向瞄准我，不过一点不慌忙地。""戴墨镜的那些人向前围了上来"，这时的布朗已吓得"屁滚尿流了"，裤子湿湿的热热的，往地板上滴水。"'再给他几拳。'恐卡萨上尉对那个人说。"(296－297)唐唐·麻酷特心狠手辣,因为他们知道即便外国人被打死,也不过是"挣扎而被格杀"。

唐唐·麻酷特抢劫菲立波的灵车,用手枪去砸车玻璃,"灵车整面玻璃都被砸碎了。"史密斯夫人气愤不过,"史密斯太太突然向前抓住了那个唐唐·麻酷特的肩膀。他转过头来,……他抖开了她的手,用戴了手套的手,慢慢地用力按住她的脸,猛然把她推得摇摇晃晃跌入九重葛的埃林中。"(201)史密斯夫人惊慌失措地坐在矮树林里,无计可施。他们草菅人命,因为"唐唐·麻酷特就是唯一的法律。"(283)

无论是对海地人还是来海地的外国人,唐唐·麻酷特都一样凶残地对待他们,残暴的警察制度都同样存在,这让曾经是"观光客乐园"的海地不再有外国人来旅游,让依靠旅游业为生的海地人更加举步维艰。

杜瓦利埃的独裁统治,巧取豪夺。积累了大量财富,而人民则陷入了极度贫困之中。杜瓦利埃敲骨吸髓地榨取和抢夺人民,使人民在"通向奴役之路"上丧失一切,陷入水深火热、牛马不如的困境。独裁者杜瓦利埃对人民巧取豪夺,这个恶魔"如咆哮的狮子,四处寻觅可以吞噬……"(156)混乱的出入境和海关关卡,"我们是唯一的船,可是棚子里是满的;挑夫,几个礼拜没载过乘客的计程车司机,警员,偶尔也来个戴黑眼镜和软帽的唐唐·麻酷特,还有叫花子,到处都是叫花子。他们像雨季的水无孔不入,一个缺了双腿的男子坐在关卡柜台下面,像只栅栏中的兔子,无言地比画着。"(81)在这个"连天使都不敢涉足的地方",百分之八十的海地人每天只吃一餐饭,还吃不饱;百分之九十五的人民吃不起鱼肉和鸡蛋。百分之九十的海地人是文盲。

由于他的恐怖统治,许多观光客不敢来海地,饭店的生意难以为继。杜瓦利埃利用这一形势,低价收购或掠夺这些饭店,"最近可也走了许多我们忠实的朋友。政府不得不接管一些空的旅馆。"(83)布朗的旅馆也不例外。唐唐·麻酷特看上了布朗的旅馆,把约瑟夫抓去问话,被打得险些送了命。用政府接管的方式强夺别人的财产。饭店先是被吊销所有权,然后借口没适当营运产业,应当由政府来接管。不光是饭店被接管,赌场也被接管。在海地目前的时局,"没有那个私人能营运一家赌场,所以政府接管了。"(318)

独裁统治下贪污腐败盛行。上至总统杜瓦利埃下至这个国家的财政部长、外交部部长、福利部部长、警察局长等无不是在利用职权贪污受贿、倒卖财物以中饱私囊。虽然前福利部长"在得先街底边盖了个打水的泵甫",却"始终也没接上水管",是"因为承包官员没有拿到足够的回扣。"(96)为新建都市杜法利耶城一再地苛税扰民,民不堪其扰而逃之夭夭。修了一半的公路,因为"经费用完了,或者官员没拿到回扣。"(229)史密斯先生要在杜法利耶新城建立素食中心,现任福利部长要补偿和回扣,其他的部门也要打点。并且,他教史密斯先生如何从这些建筑费用中捞钱。"政府保证负担工人的工资,我们的工资以少报多,相差很多,一个月之后,解雇工人,工程计划停顿两个月,再行雇用一批新工人。当然两个月停工期间政府核发的工资便到我们口袋里。"(305)剥削海地的穷人当成致富的工具。面粉加工厂偷斤减两把进口过剩的麦子研磨加料成灰色劣质的面粉,然后再卖给穷人。穷人中最穷的成为他们发财的源头。这些政府官员根本不是为了改善百姓的生活,而只是为了中饱私囊。

在这座人间地狱里,"死亡是这部小说的基调。"①马萨尔死于自杀,是一系列非正常死亡的第一个。紧随其后的是菲利普的自杀,然后是马吉欧医生的被射杀,琼斯和几名游击队员的死亡。这部小说的主要行动的背景都和死亡有关:一个是菲立波的葬礼,一个是布朗送琼斯到墓地和小菲立波领导的游击队会合,最后是为死去的游击队员举行的纪念仪式。

死亡不仅和死者紧密相连,也和生者如影随形。费南狄先生是海地人,他从事的职业是殡葬业。由于杜瓦利埃的高压统治,费南狄"他自己从来不问任何问题,始终三缄其口的,好像在谴责我们好奇心太重,管闲事太多。"(33)船要靠近海地的时候,费南狄突然泪眼婆娑的哭起来,"他现在直直地坐在椅子上哭着,很庄严地哭着。"(72)费南狄哭,是因为他感知到海地悲惨的境况,他无力改变。费南狄和布朗同坐去海地的船,他们两人在船上不期而遇。费南狄收容了布朗在殡仪馆工作,专门替客死在异国他乡的英法白人收尸。"电话的铃声叫醒我——我睡过了头,迷迷糊糊地听出是费南狄先生打来的,要我去处理我的第一次任务。"(451)无论是已死的人还是幸存的人都无法逃避死亡的味道。

整个海地在杜瓦利埃的恐怖统治下变成一个人间地狱,一个坟场。"格林在1963年去海地南部的路上,发现了坟场;他用这个词作为《喜剧演员》中戏剧场景的舞台。"②"坟场"这个词在小说中多次出现,坟场的多次出现有两个作用:

一是说在杜瓦利埃的高压统治下,人们挣扎在死亡的边沿。坟场借喻人民困苦不堪、濒临死亡的生存状态,如坟场的幽魂游荡在世间。宵禁解除的晚上,"偶尔

---

① Stephen K Land, *The Human Imperative:A Study of the Novels of Graham Greene*(New York:AMS Press,2008),105.

② Bernard Diederich,*Seeds of Fiction:Graham Greene's Adventures in Haiti and Central America*,1954－1983(London and Chicago:Peter Owen,2012),111.

有一盏烛光照见一小群人围着兰姆酒而坐，像奔丧的人守着一口棺木。"(229)坟场也可用来形容人的牙齿。替代菲立波医生的现任福利部部长是个矮小肥胖的男人，牙齿又大又白，疏疏落落的，"好像为另一个大型的坟场设计的墓碑，放错到他小型的墓园来似的。"(247)布朗送约瑟夫参加巫毒教的仪式，忽然觉得无限寂寞，"像参加了朋友的丧礼，回到陌生的旅社，"感慨"我根本就不应该来赴这个葬礼，我根本不应该来这个国家。"(291)没有几个人的赌城，"空的赌城比空的坟地还糟糕。"(321)布朗心爱的像小棺材样的纸镇，上面写着"请安息"。布朗把刻有"请安息"的小棺材当防身武器。布朗带琼斯躲避唐唐·麻酷特的追杀，"太子港空旷得像公墓一样。"(345)心灰意懒的布朗住在"一个黑暗不明亮的世界。"(362)马吉欧医生的一句话"再来一杯？"就像墓碑上刻出的一个简单的名字。(391)布朗空无一人的饭店收藏有一幅画，远观这幅画泰着鲜艳面具的人在营造"一片喜气"；近观这幅画"才看到那些面具有多丑恶"，原来他们围着一具裹着尸衣的尸体。"只要那里挂上这一幅画，那里就给我身在海地的感觉，煞密地王爷就会在最近的坟地行走。"(398)布朗送琼斯参加小菲立波领导的游击队，和他们会面的地方选在坟场，"终于手电筒照到了我找的目标，有个公墓在我右边，它延向山坡一直到黑暗处。"(411)布朗和琼斯在墓地等小菲立波，互诉身世，感慨"从天南地北，游到海地，一起到了这个公墓。"(419)这个坟场也是恐卡萨上尉的葬身之地，无非是给这个坟场再增加一个墓碑。不管是海地的普通民众，还是身居要职的海地官员，还是在海地扮演重要角色的巫毒教仪式，坟场的意象都反复出现，以此表明海地的尘世和宗教生活都蒙上了死亡的阴影。

坟场的另一作用是渲染紧张、恐怖的气氛。在充满恐怖与挫折的海地，坟场的意象无处不在，处处在死亡的阴影下。生活中的事情都可以和坟场联系起来，表明坟场的意象无孔不入。在布朗的饭店里"只有约翰·巴里莫套房我始终维持井井有条像一座坟墓。"(152)布朗和玛莎的幽会也笼罩在死亡的阴影里。布朗和玛莎第一次约会，心里装着在饭店上吊自杀的马修。布朗从美国归来，和玛莎做爱，心里揣着在饭店游泳池自杀的菲立波医生。"我和玛莎在棕榈树下一个微凹的小坡上躺下来，像合葬的两个身体。"布朗与玛莎做爱后，"我躺着一动不动，像已故部长先生。"(261)布朗和玛莎"静静地躺在他们的坟中。"(262)坟场正是杜瓦利埃刻意营造的地方，坟场上的尸体、腐肉发出的臭味，让他心旷神怡。布朗对玛莎说"这个地方只有噩梦是真实的。"(262) 在这个坟场遍地的国家，到处可闻到死亡的气息。替代菲立波医生的社会福利部部长的"办公桌有股异味，叫人怀疑是否有一口打开的棺木。"(247)墓园和墓碑是死亡的象征；棺木散发出死亡的味道。散发异味的不只社会福利部,警察局的"尿臭味冲天,警察关完犯人后带着舒畅的微笑自狭隘的囚牢出来。"(153)扣押琼斯的拘留室"室内味道像极了动物园。"(182)太子港是一个散发着尸臭味的坟场,太子港既有死亡味道的办公场所,也有尿臭味冲天的警察局。太子港是一座死亡之城,恐怖之都。小说主要的场景都发生在坟场,给人一种死亡的恐怖之感。

独裁统治下民不聊生的海地不仅是拉丁美洲的一个缩影,更是世界混乱状况的一个缩影。当布朗向史密斯先生描述海地的社会和政治形势,史密斯先生回答说:"要是仔细好好去看每件事情,到什么地方情形都相当糟糕。"(43)海地不是一个孤立的暴政和暴力的例子,希特勒的暴政早已有之,"不能说海地是正常世界的一个例外:海地是每日随意取样的一小个案。"(211)马吉欧医生写给布朗的信中提到"我们所居住的这个疯狂的世界(我不是指穷困而无足轻重的鄙国海地)已无任何可靠的保障。"(450)海地不是一个孤独的噩梦,海地只是荒诞的人类世界的一个缩影。

在斯特罗斯纳的独裁控制之下的巴拉圭是制度化暴力的又一个典型。斯特罗斯纳是巴拉圭总统、军事独裁者,20世纪下半叶拉美国家中第一个通过军事政变上台的考迪罗①。他在美国的支持下保持权力达35年之久(1954—1989)。他在统治期间清洗了军队和支持他的红党,并两次修改了巴拉圭的宪法。

和杜瓦利埃类似,斯特罗斯纳也制定了森严的警察制度来维护他的统治。佩来兹警长是斯特罗斯警察统治工具的代表,佩来兹对政治事件有灵敏的嗅觉,用他自己的话说"我们都受过训练,像狗闻肉味一样,能闻出来的。"(200)绑架事件发生后,他希望既能使福特那姆得救,又能抓到或打死绑架者,"不过后者对我来说比救福特那姆更重要"。(196)佩来兹有严密的逻辑推理,他从绑架者提供的要求释放的政治犯的名单中看到有普拉尔的父亲的名字,就意识到,普拉尔医生极有可能参与了绑架事件,或至少为他们提供了情报。这是因为普拉尔的父亲已经很老了,没有多少用处了。他警告普拉尔:"我们一直都是朋友,可是你要是还在里面搅和,那就得自己当心了。我会先开枪打你,然后再去给你送花圈的。"(200)正如他所警告的,他精明地找出绑架者的藏身地,把他们全部射杀,其中也包括他的朋友普拉尔医生。更糟的是,他对外声称是游击队射杀了普拉尔医生。像佩来兹警长这样

---

① 考迪罗制是拉美地区的(含美国以南的墨西哥、中美洲及南美洲地区)大多数国家在19世纪20年代独立后至20世纪前盛行的一种以暴力夺取政权、维持统治,代表地主(庄园主)利益的,对人民能够生杀予夺的独裁制度。

的警察是斯特罗斯纳维护统治的工具。

斯特罗斯纳限制人民的言论自由,特别限制对美国的言论。"在我们这个国家,斯特罗斯纳不允许人们出版任何反对美国佬的东西。"(135)

斯特罗斯纳的独裁统治导致巴拉圭的贫富差距越来越大。巴拉圭最显著的特色是贫穷。这种贫穷不是偶发状况,是普遍的、外加的,尤其年幼者受到的贫穷之累最为严重。孩子们营养不良"看吧,孩子们坐在巷子前面,挺着浮肿的肚子,肚脐像门把一样高高地拱起。颈悬磨盘亦无过于此。"(129)所有的穷人都挣扎在死亡线上。克莱拉被迫卖身,以供养她的父亲。克莱拉的姐姐在田地里生了个小孩,把小孩勒死了,随后她自己也死了。克莱拉的父亲是"割甘蔗的",在不是割甘蔗的季节靠克莱拉寄钱给他们生活。克莱拉的哥哥去割甘蔗,就再也没回来,就像普拉尔父亲的突然消失,影射斯特罗斯纳对人民的任意监禁和捕杀。后来克莱拉嫁给了名誉领事福特那姆,她就像"从市场上买回来的一只关在笼子里的小鸟,被转到了一个房间宽敞、陈设考究的居家者的手里,现在笼子里有了栖息的地方,有吃有喝,还有一架小小的秋千让它在上面玩。"(76)克莱拉从一个笼子转到另一个笼子,无法控制自己的生活。克莱拉一家的生活折射了在斯特罗斯纳的统治下,人民被剥夺了基本的生存权利,生活在水深火热中。

巴拉圭的独裁统治导致的严重贫富分化使得穷人的生活条件极其恶劣。"在贫民区地带,一条条泥泞的土路看上去都是大同小异,到处都是同样的鳄梨树,到处都是一模一样的泥巴和罐头盒子垒成的小屋子,到处都是同样衣不遮体、挺着光溜溜的肚子用汽油桶运水的人。他们会用那种毫无神色的眼光,用那种显然已经患了沙眼的眼睛看看他,对他提出的问题什么也不回答。"(109)而富人住在宽大的房子里,"有宽大的庭院、白色的石柱、大理石盥洗室,花园里还有那么多的柑橘树和柠檬树。周围的小路边上还有小小的水塘,水面上漂着玫瑰花瓣。"(249)穷人和富人在看病的时候都有区别。中产阶级家庭的病人中,"大多数人就连最一般的感冒也常常要花至少十分钟向他诉说病情。"而那些住在贫民区的穷人,住在"泥巴或空罐头盒垒起的小屋子里,病人身上常常没有什么盖的,躺在光秃秃的地上"。穷人忍受的病痛是"语言无法表达清楚其程度、其位置和其性质的。"(52)穷人越穷,富人就越富,贫富之间的差距越来越大。斯特罗斯纳积累多达50亿美元的财富,是拉美右翼独裁的标本式人物。独裁统治是贫富分化的主要原因,统治阶级通过独裁统治积累了巨额的财富,而多数人几乎被剥夺了生存的权利。

二、经济掠夺

拉丁美洲的制度化暴力不仅表现在拉美独裁者的残暴统治上,也表现在第一世界国家对拉丁美洲的新殖民主义统治上。在恩克鲁姆的《新殖民主义:帝国主义的最后阶段》一书中,对新殖民主义这一概念进行了详细的论述。他指出,新殖民主义最主要的特征是以经济控制为主的间接统治方式。① 新殖民主义与旧殖民主义的区别在于统治与控制方法的不同:"新殖民主义与老殖民主义本质上是一样的,只是新殖民主义采取了不同的形式。他们的根本不同点是老殖民主义进行直接的殖民统治,新殖民主义不进行直接的殖民统治,而是承认政治独立。老殖民主义主要采取武力征服、直接统治的方式,在对殖民地或附属国实行政治兼并的基础上进行掠夺与奴役。推行赤裸裸的炮艇政策是老殖民主义者的典型手法。新殖民主义不进行直接的武力征服和殖民统治,而是采取各种方式尤其是掩蔽的方式进行间接支配,达到控制、干涉与掠夺落后国家和地区的目的。"②

新殖民主义打着援助之名,行着控制之实,主要目的是获得政治影响力与经济利益。援助是一种手段,发达国家借此可以对其他国家进行政治讹诈和经济讹诈;援助有助于使贫困国家继续处于长期负债累累的境地,从而使他们继续出于落后状态;通过援助使执政者继续当权,并通过他们去镇压人民的解放运动;援助是发达国家在经济上、政治上和军事上控制第三世界国家的工具。③ 新殖民主义的各种特征在小说《喜剧演员》中表现得非常明显。小说中,杜瓦利埃是美国在海地的代理人,美国对海地的统治通过杜瓦利埃得以实现。美国给杜瓦利埃以军事上的援助,让他继续当权,并通过他去镇压人民的反抗运动。美国的军事援助武装了唐唐·麻酷特,把他们武装到牙齿以便去镇压人民的反抗。美国也给海地经济上的援助,帮助海地修建公路,建面粉厂等。但美国对海地的经济和军事援助的目的,并没有让海地走上富强的道路,也没有让海地人民过上富足的生活,更不是为了让海地获得独立自主的政治地位,而是使得海地从经济和军事方面更加依赖美国。

和二战以前的直接统治殖民地人民相比,二战后美国采用控制拉丁美洲各国的经济命脉,以达到间接统治的目的。"旧的殖民者的离去,并不等于殖民主义的

---

① 恩克鲁玛:《新殖民主义:帝国主义的最后阶段》,转引自赵稀方《后殖民理论》,北京大学出版社,2009,第30—31页。

② 张顺洪等:《英美新殖民主义》,社会科学文献出版社,1999,第31页。

③ Ibid,123—124.

结束。以跨国公司形式的殖民主义并没有随着殖民地的解体而消亡,它在今天更为活跃。"①把殖民地当作殖民帝国的某一原料生产地,或食物供应者,是殖民帝国最常使用的剥削殖民地的手段之一。海地和美国的官员互有勾连,共同剥削海地的贫苦人民。"'爸爸医生'派在美国华府游说通过议案的人也兼任美国人在此投资面粉工厂的游说员(这些面粉工厂偷斤减两把进口过剩的麦子研磨加料成灰色劣质的面粉—真难以想象,只要稍动一动脑筋,穷人中最穷的都能成为你发大财的源头)。另外,还有私贩牛肉。"美国人从海地购买全部的牛肉,再把这些牛肉加工成罐头以"美援款项购赠给未发达国家"。"这一笔交易如果中断不会影响美国肉品市场,受影响的是华府的那个出口一磅牛肉抽一分钱佣金的政客。"(365)美国在海地设有矿业和青果等公司,这些公司俨然是海地的"国中国",是美国掠夺海地自然资源的工具。

　　除了揭露官员的中饱私囊,还刻画了自愿到海地这些贫穷国家扶贫的人。史密斯夫妇是美国实施外援的民间代表。"虽然小说直接或间接地攻击美国外交政策,但个体美国人是天真或无辜的,不能理解官方意识形态的危险。"②史密斯夫妇是"天真"的,他们没有意识到海地的内乱和贫穷正是他们的国家——美国造成的。他们"天真"地要在穷得连肉都吃不上的国家建立素食中心。但在海地的遭遇让他们认识到唐唐·麻酷特的残忍和巧取豪夺;他们甚至有勇气承认在太子港或在新城建立素食中心是不现实的。史密斯夫妇带有一封给社会福利部部长菲立波医生的一封信,希望他会对在海地建立素食中心感兴趣。但就在他们抵达海地的前一天,菲立波医生在布朗饭店的游泳池里自杀。当史密斯夫妇听说琼斯被投入拘留所,史密斯先生自告奋勇去救琼斯,他脑子里回旋的是冠冕堂皇的理由:人类、正义和对人类幸福的追求。随后他们看到唐唐·麻酷特破坏菲立波医生的葬礼,打坏灵车上的玻璃,抢走菲立波医生的棺材。在场的许多人,包括计程车司机奔逃而去,灵车司机和两个殡葬人员藏在布朗的饭店里不敢出来,只有菲立波夫人、史密斯夫妇和布朗面对这一局势。恐卡萨上尉带领一群唐唐·麻酷特一大早闯入布朗的饭店,对他一顿拳打脚踢,史密斯夫人施援手,帮助布朗解了围。史密斯夫妇怀着救济海地的愿望,但是援助的效果却是他们不能控制的,或者说是和他们的愿望相背道而驰的。

---

① 张京媛:《后殖民理论与文化认同》,麦田出版社,前言第10页。

② Maria Couto, *Graham Greene : On the Frontier : Politics and Religion in the Novels* (London : Macmillan, 1988), 166.

史密斯先生仍坚持素食中心的计划,忽略部长想从中渔利的意图。在参观了建在山丘与海之间的劣质平原上的新杜瓦利埃城后,史密斯先生有些犹豫了。史密斯先生参观鬼城——新杜瓦利埃城时,这个设计能容纳五千人的城里只有一个治安官和一个只有胳膊没有腿的乞丐。这个乞丐把一个小雕像给史密斯,史密斯给他一些美元。乞丐不敢相信自己的眼睛,他想跑回住处,把钱藏起来。但治安官为了抢到这些钱,在后面迈开大步紧追不舍,乞丐如"海滩上仓皇滚入洞的小螃蟹,还有二十码才到得了,我看他胜算不大。"(269)特别是新任部长告诉他如何从素食中心牟利时,史密斯先生彻底地绝望了,"两眼苍茫一眶泪水。"(304)史密斯先生在邮政大楼向乞丐撒钱,引起哄抢和打斗。"撒完最后一张钞票,警察纷纷向这边围拢过来。有两条腿的人踢倒一条腿的,有两只手臂的人抓住没胳膊的人的胴体把他们摔倒在地上。"(308)史密斯两次向穷人撒钱,但撒给穷人的钱,最后又落到治安官和警察的手中。这两次向穷人撒钱象征着"美国的援助不仅是无用的,甚至更糟糕。"①史密斯夫妇怀着救济海地的愿望,但到最后却认识到正是由于他们的美元外交让海地更加动荡、争斗不已。理想和现实的脱节,使命的失败并没有让他们看起来是滑稽的小人物。史密斯先生问布朗,"或许在你眼里我们是滑稽的小人物。"布朗诚恳地回答,"不是滑稽的,是英雄式的。"(306)尽管史密斯夫妇的梦想被现实击得粉碎,他们真诚和直率的愿望使他们成为英雄式的人物。

威尔逊先生是资本掠夺的典型代表人物。威尔逊是开矿业公司的美国人,他代表着赤裸裸掠夺本性的跨国资本。他把公司用铁丝网围住,出入都有严格的盘问。他对海地的政治局势不感兴趣,不知道唐唐·麻酷特是杜瓦利埃的秘密警察;但他知道叛乱分子是共产党,从铁丝网下塞传单的人是制造麻烦的人或是收买离间他员工的人。他不愿雇用布朗是因为他怀疑布朗是从海地逃出的共产主义者。威尔逊是不管海地人民的死活,只管赚钱的跨国资本的代表。

布朗和琼斯都是想着能在海地捞上一把的殖民者。布朗出生在蒙地卡罗,没见过父亲,母亲国籍不详。在布朗年少时,母亲把他一个人留在教会学校。他到海地是因为他母亲临终前的一张明信片,他留下不走是因为母亲遗留给他一家饭店。当布朗刚从母亲手里接收这个饭店时,踌躇满志,"我一定要把它经营成加勒比海最有名的观光饭店",成为"一个有产业的人"。(107)小说没有明确交代布朗的母亲如何获得这个饭店的所有权,暗示殖民者对殖民地的隐晦的剥削和压迫。马吉欧医生建议布朗把股份给布朗已故母亲的情人马修;理由是马修是海地人,"他随

---

① Neil McEwan, *Macmillan Modern Novelists : Graham Greene* (London : Macmillan, 1988), 96.

便凑合着可以过日子,他挺得住死不了。"(133)但布朗没有采纳他的建议,而是把马修的股份买了过来,把他赶出了饭店。一无所有的马修吊死在饭店里。从这件事上可以看出以布朗为代表的殖民者为了自己的利益占有饭店,根本就不管海地人民的死活。在布朗的治理下,饭店一度兴旺发达,成为"海地知识分子的生活中心"。豪华的饭店里有豪华的游泳池,提供精美食物,与音乐家、诗人、画家为伴。这些人出手阔绰,花钱如流水,与海地街头衣不蔽体、食不果腹的乞丐形成鲜明的对比。

布朗送跛足的约瑟夫到深山里参加违法的巫毒教仪式,冒着生命危险送琼斯加入小菲立波领导的游击队,并不表明他介入了海地反抗杜瓦利埃的运动,而只是因为:"我不喜欢恐卡煞和唐唐·麻酷特。我不喜欢'杜瓦利埃'。我不喜欢他们当街摸我裤裆搜我枪。游泳池里的死尸,完全毁掉了我美好的回忆。他们折磨约瑟夫。他们毁了我的饭店。"(387)布朗反抗杜瓦利埃,更多的是和他自己的利益受到损害有关。布朗在太子港经营豪华旅馆,生意兴隆,宾客满座;可自从杜瓦利埃上台后,海地从观光胜地沦为人间地狱,布朗的旅馆也一落千丈,门可罗雀。布朗曾试图到美国卖掉他的饭店,失败后又无奈地返回"这恐怖与挫折的国家。"因为对布朗来说,"即使在恐惧中咬着半块面包也比没有面包强多了。"无论布朗曾做过怎样的挣扎和抗争,他最终选的是在费南狄的殡仪馆里为死去的英法白人收尸。布朗丢失了爱人的能力,"我的世界里没有高岗也无深渊——我看见自己在一个大平原上,行行复行行踯躅于无垠的平地上。有一度我曾有机会走出不同的人生方向,但是如今一切都太晚了。"(450)布朗在精神上已死亡,是空心人,"布朗最终作为殡仪员的角色让人想起基督的审判:'让死者埋葬死者。'"①布朗是个失败破产的殖民者形象。

"在某种程度上,琼斯是布朗的翻版。"②琼斯和布朗是一体两面:无根、无家、无父。他们两人像哥俩,都是私生子,都不知道他们的父亲是谁。布朗甚至都不确定他的名字:"她给我选的父亲在我出生之前就离开我了。也许他的名字是布朗。"当琼斯向布朗坦白时,他也用了同样的话语:"我父亲是个种茶的——我母亲这么说的。[……]我还没出生,他就回了老家了。"(419)布朗送琼斯参加游击队,布朗像兄弟一样拥抱琼斯。"我像找到了失散的亲兄弟——琼斯、布朗,名字就像张三、李四,几乎可以互换,而身世居然也如此。我们两人都知道自己是私生子。……我们两个都被扔到水里自生自灭,两个都没死游上岸了。"(419)

① Richard Kelly,*Graham Greene*(New York:Frederick Ungar Publishing Co. ,1988),83.
② J. P. Kulshrestha,Graham Greene:The Novelist(Delhi:Macmillan,1977),164.

　　如果说布朗还是一个有产业的人,琼斯是一无所有的,用他自己的话说,属于邋遢子。琼斯把人分为两种:大富(toffs)和邋遢子(tarts)。"大富都有固定的工作和很好的收入";"邋遢子只能各地的去混口饭吃——在沙龙酒吧等等地方。尖着耳朵滴流着眼睛,到处赔小心"。琼斯认为史密斯先生是"大富","如果世间有所谓'大富'的话,他是最货真价实的一个。"琼斯认为海地是个邋遢子的国度,"自总统而下全是。"(52)琼斯本想趁海地混乱,浑水摸鱼捞一把,和唐唐·麻酷特的头头恐卡萨上尉合伙做军火生意。因为无论是杜瓦利埃镇压人民反抗的武器还是反抗其专制统治的游击队的武器,都是英美提供的武器。并且,在独裁者和反抗者的较量中,武器的质量和数量起着至关重要的作用。所以当琼斯对唐唐·麻酷特许诺他可以弄到军火时,他立即从阶下囚变成了重要的外宾。而琼斯梦想的是用这买空卖空的钱在离此地不远的珊瑚岛建高尔夫球场。"我去盖一栋俱乐部,平房套间带沐浴设备的,比所有加勒比海岸的高尔夫球场俱乐部都要高级。"(316)从这可看出琼斯的殖民梦想。像所有的殖民者一样,琼斯梦想在海外发一笔横财,从一无所有的邋遢子摇身变成大富。当恐卡萨上尉去美国取货时,才发觉上当,并在美国警察局待了两宿。恐卡萨上尉回到海地后,发誓要捉到琼斯。事情败露后,琼斯逃到南美的一个小国的大使馆寻求庇护。他炫耀在沙漠中能找到水源,吹嘘他是战场英雄,自夸给他50个海地人和一个月的训练时间,他将把杜瓦利埃驱逐出境。"给我五十个海地人,我好好训练一个月,'爸爸医生'就得搭飞机飞往京士敦了。"(312)但就是这么一个自夸的人,却连自己都救不了。帮助琼斯避难的大使被调离到别的国家,琼斯没有了藏身之地。因为琼斯除了海地,没地可去,他最后死在了海地。"至少琼斯这块纪念碑是他付了代价的—不管他多么不情愿,他付出了他的生命做代价。"(25)琼斯是一个破落的殖民者的典型代表。

　　小说除了塑造了一系列殖民者的形象之外,也揭示了英美等西方国家对海地的经济掠夺也和国际政治意识形态有关。杜瓦利埃利用美国的反共心理,为自己争得美国更多的援助,依仗海地所处的重要战略地位,扬言如果美国不进行经济援助,海地将向共产主义国家求援。美国也试图借助援助控制海地的经济命脉,达到经济上掠夺的目的。二者各取所需,美国答应了海地的要求,杜瓦利埃得到了美国的经济和军事援助。杜瓦利埃为了重新获得美国的支持,允许海地有限的共产党员研究共产主义。杜瓦利埃深知美国不愿在"后院"再出现第二个古巴,他利用美国的这种心理,作为要挟美国给他提供援助的筹码:"他把向东的窗户打开,一直到美国人再给他武器为止。"(365)

　　杜瓦利埃在东西方的意识形态斗争中,倒向美国,寻求美国的支持和援助。这也是杜瓦利埃得以在海地上台并维持统治的原因。海地是反共产主义的堡垒,恐卡萨上尉说:"海地基本上不属于任何的第三势力,我们是真正的反共堡垒,卡斯特罗无法在这里立足。"(235)杜瓦利埃为了缓和与美国的关系,射杀马吉欧医生作为回报美国大使返回海地的筹码,"美国大使很快就要还回任所来,煞密地王爷当然会有所行动来回报他。""找几个共产党开刀很容易。"(449)马吉欧医生指出杜瓦利埃统治的海地是"反共的堡垒,此地不会有古巴,也不会有猪猡湾。"(365)马吉欧医生也认识到在西半球,像海地这样的国家,生活在美国的阴影下。(285)美国中央情报局有海地大多数共产党的名单,杜瓦利埃用这个名单作为和美国交换的条件,"如果没有共产党,'爸爸医生'就不成其为自由世界的反共堡垒了。"(371)海地不过是"一个漂浮在佛罗里达几里外的不吉利的贫民窟,"美国支持杜瓦利埃的统治的支持,是因为"美国国务院不希望加勒比海有任何骚乱。"如果没有这个需要,"没有一个美国人会以军火,以金钱,以顾问来协助我们。"(366)马吉欧医生预言:"要不了几个月,关系一定恢复,美国大使会再回来。"(365)杜瓦利埃在和美国的拉锯战中,和美国各取所需:杜瓦利埃赢得镇压海地人民的武器"他们用美援买了军械。"(213),美国赢得反共产主义的堡垒。

　　巴拉圭也同样在经济上受到第一世界的控制。《名誉领事中》中斯特罗斯纳和《喜剧演员》中杜瓦利埃都与宗主国有着千丝万缕的联系,甚至成为西方发达国家资产阶级和西方企业的经济代理,"将自己的国家建成欧洲的妓院"[1]。为了维护自己的统治,斯特罗斯纳对外则奴颜婢膝,出卖国家的主权和财富;美国则打着"民主"与"援助"的幌子,插手巴拉圭事务,从中捞取好处。美国对巴拉圭和阿根廷也同样实施新殖民主义的统治,把拉丁美洲的第三世界纳入美国的分工体系。通过把巴拉圭这样的第三世界走上现代化的道路,使这些国家成为美国的商品市场、原料产地和投资场所。美国的可乐等牌子的广告在巴拉圭随处,"狭窄的街道边是让人眼花缭乱的奇异的摩天大楼,大楼或高或低,下面二十层都被挡在百事可乐广告牌的后面。"(5)"而那个可口可乐的大广告牌则向四周散发着绛红色的光,像圣像的祭坛那样。"(169)这是跨国公司对巴拉圭的入侵。"我们应该对商业广告(任何生意都不是白送的)有所警觉,而且随时随地都要有这样的警觉,特别要警惕现代

[1]　转引自陶家俊:《思想认同的焦虑:旅行后殖民理论的对话与超越精神》,北京:中国社会科学出版社,2008,第193页。

的经济利益和政治利益相互串通一气。"①斯特罗斯纳把自己国家的资源拱手让给美国,换取可怜的援助,也就是牺牲本国的经济利益来换取政治利益。巴拉圭是甘蔗生产大国,但这种单一的作物栽培,很容易对出口形成依赖被美国控制。而美国这样的发达国家通过控制第三世界的原料,从而达到控制这个国家的经济命脉,使这些国家从经济上依赖他们。美国大使来访,是为了商业目的。"美国大使一般都是生意人。"美国大使"是来贷款的"。(13)这是美国对巴拉圭资本的经济掠夺。斯特罗斯纳和美国人联手剥削巴拉圭人民,让他们挣扎在死亡线上。巴拉圭人民从"饥饿变成营养不良",巴拉圭人民不是在挨饿,而是在变得有气无力。

美国对巴拉圭的控制不仅有经济掠夺,也有政治控制。经济掠夺和政治控制互为目的和手段。美国推行西方的政治体制,扶持代言人。斯特罗斯纳是美国人在巴拉圭的殖民代理:美国人保障斯特罗斯纳的权力,斯特罗斯纳出卖国家的利益。斯特罗斯纳在巴拉圭获得政权,依赖的是美国的支持。由于美国的支持,斯特罗斯纳统治巴拉圭达35年。"可美国人呢——他们肯定可以给元帅施加压力,因为要是没有他们的帮助,元帅在巴拉圭连二十四个小时也待不下去。"(150)美国选中斯特罗斯纳的理由是因为他坚定地反对马克思主义。当马克思主义在南美大陆出现时,斯特罗斯纳激烈反对,态度鲜明,因此成为美国反共产主义阵营中的一员,"斯特罗斯纳有一种了不起的品质,和过去海地的巴巴多克的品质一样。他是个反共产主义者。"(197)美国支持斯特罗斯纳的重要渠道是中央情报局,其影响渗透在巴拉圭的国家机器中,包括监狱在内的惩罚机构,中央情报局反叛科对亚基诺在狱中的表现很满意;普拉尔的父亲在监狱中没被用刑,是因为中央情报局不同意他们这样做。除此之外,美国的势力也渗透在军事训练中,巴拉圭的军事人员都得到美国的训练,"这些伞兵都是美国佬在巴拿马很好地训练出来的,他们行动很快。"(289)

作为第三世界的海地、巴拉圭、阿根廷,这些国家都生活在制度化暴力的阴影之下。在国家内部,遭受美国支持的独裁者的暴力统治,人民没有基本的生存和发展权;在国家外部,遭受英国、美国、法国等第一世界从经济、政治和文化等各方面的剥削和掠夺。造成拉丁美洲第三世界贫穷、落后的原因是第一世界对拉丁美洲的新殖民统治。正如古铁雷斯得出的结论:"拉丁美洲要能真正自主地发展,唯有脱离大资本主义国家的操纵才能办到,尤其是要脱离其中最强大的美国。"②

---

① 霍克海默,阿道尔诺:《启蒙辩证法—哲学断片》,渠敬东,曹卫东译,上海:上海人民出版社,2006:年,第238页。

② Gustavo Gutierrez, *Theology of Liberation* (New York. ;Orbis,1990),11.

第二节　抵抗制度化暴力

为了摆脱拉丁美洲的制度化暴力,拉丁美洲人民奋起反抗,试图以暴抗暴。乔治·索雷尔(George Sorel)肯定暴力的作用,他认为:"暴力在历史上发挥着举足轻重的作用,因为它是阶级斗争的残忍的与直接的表达,不借助暴力,将一事无成,问题的关键在于不能像以前那样自上而下地使用强力,而只需从下而上地使用暴力。"①法农相信暴力革命是第三世界结束殖民压迫的唯一途径。"民族解放,民族复兴,重建属于人民的国家,不管使用什么样的标题或推荐什么样的新样板,非殖民化始终是一种暴力现象。"②法农认为,殖民主义的本质是暴力,因此唯有后殖民暴力才能颠覆殖民统治。萨特在给法农的著作《世界的苦难》所写的前言中,对暴力的赞誉程度甚至超过了法农本人。萨特认为为了摆脱被殖民的命运,非洲人和亚洲人通过暴力摆脱西方帝国主义是他们的义务也是他们的权力。萨特在序言中写道"在造反的第一个阶段,杀人是关键。""不可抑制的暴力……是人类自身的再创造"。在《沉静的美国人》中,亚洲人是沉默、没有话语权的,越南是欧洲白人傅勒眼中的越南。在《喜剧演员》中,非欧洲人第一次发出了他们反抗的声音,期望通过自身的斗争求得解放。马吉欧医生和小菲立波代表了海地的反抗制度化暴力的进步力量。《名誉领事》中普拉尔医生从疏离到以实际行动投入到革命,成为人民从沉睡、觉醒到斗争的反对制度化暴力的典型形象。《喜剧演员》中海地人民以马吉欧医生和小菲立波为代表,积极投身到反抗杜瓦利埃的革命中去。

马吉欧医生是和杜瓦利埃是相对的人物,他们分别代表了自由和压迫、同情和暴政。马吉欧医生见证了杜瓦利埃如何从一个治病救人的医生变成了嗜血的独裁者。马吉欧医生是一位有尊严的黑人。他是一个高高的上了年纪的黑人,有一张"都市的煤烟熏黑的罗马式的脸,一头蒙了灰尘的发"。(118)虽然马吉欧医生的"块头很大,皮肤黝黑,可是却无比的儒雅。"(132)他待人接物极有分寸,"他向我欠身,有如罗马皇帝召见朝臣完毕时的模样。不亢不卑,他知道他的身价。"(119)

马吉欧医生是勇敢的,面对自杀的菲立波的尸体,他从容地检查他的尸体,并

---

① 乔治·索雷尔:《论暴力》,乐启良译,上海:上海人民出版社,2005,第241页。
② 弗朗兹·法农:《全世界受苦的人》,万冰译,南京:译林出版社,2005,第3页。

把他的尸体从布朗的游泳池运送到外面去。"这城里除了他再没有第二个人敢过问这样一个僵死了的王爷的敌人。"(97)面对杜瓦利埃的暴政,他秘密地从事反对他的活动,是游击队的一个秘密联络站。面对唐唐·麻酷特的步步紧逼的迫害,他没有放弃斗争。在生死存亡的关头,能坦然面对。

马吉欧医生是有信仰的人,他信仰共产主义。马吉欧的藏书有:一部三册的《孤星泪》、一部缺了最后一册的《巴黎的秘密》、赫南的《耶稣传》、数册卡波立欧的《警察的故事》和马克思的《资本论》。从他的藏书可看出,马吉欧医生受法国文化影响较深,希望扮演警察的角色:除暴安良,徘徊在天主教和马克思主义两种信仰中。当被问及他是否是共产党员时,他的回答是"我对共产主义的未来怀有信心。"(284)马吉欧医生对他的信仰深感骄傲,"我保有一个信仰"。(370)临死前,他写信给布朗,劝他不要抛弃所有的信仰,要找到一个信仰来取代失去的信仰。马吉欧提供的两种信仰分别是天主教和共产主义。布朗已经抛弃了天主教,马吉欧医生的言外之意是让布朗能相信共产主义,而不是不相信任何信仰。马吉欧医生尊重布朗的母亲,是因为布朗的母亲没有袖手旁观,而是积极投身到行动中去,是一个抗战女英雄,并获得"反纳粹抗暴勋章"。

马吉欧医生是真正的反抗杜瓦利埃独裁统治的斗士,为海地摆脱独裁、争取自由而战。他不仅反抗杜瓦利埃的专制,也反对支持杜瓦利埃的幕后黑手——美国。他了解海地的局势,同情海地黑人的悲惨命运。他对海地有清醒的认识,他认识到杜瓦利埃的统治得到美国的支持。美国的中央情报局和国务院密切关注海地的局势,他们支持"爸爸医生"的独裁统治。美国给杜瓦利埃提供武器和装备,唐唐·麻酷特做的车是美国援助的,"一部大的卡迪拉克牌车,年份可追溯到美国人援助海地的贫民那年。"(201)

面对杜瓦利埃的血腥统治,马吉欧医生反对人民做无谓的个人牺牲,要在斗争中保存实力。"活下去呀,带着你的信仰活下去,别带着你的信仰赴死。"(285)史密斯夫人责备他的胆怯,"真是胆小,这算什么劝告?"史密斯夫人看不到杜瓦利埃统治的残暴和美国对海地的政策,马吉欧医生解释道:"在西半球上,海地和其他地方,大家都生活在你们伟大而富强的国家阴影下。要保持冷静不冲动,需要无上的勇气和耐心。"(285)当然,勇气和耐心并不是足够的。马吉欧医生指出,在海地这样独裁统治的国家,如果没有冷静的头脑,将立即被清除。在杜瓦利埃的恐怖统治下,他的那些老伙伴们要么忙着给自己办出国的护照,以逃离这个黑暗的国家;要么把自己锁在了家里,不问政事。只有他不顾安危与生死,还在坚持不懈、不轻言绝望。"不,我不绝望。我不轻言绝望。"(366)

　　马吉欧医生支持小菲立波领导的游击队,以此作为抵抗的方式。马吉欧医生是游击队的一个情报站,为他们搜集情报并通风报信。因为游击队缺乏训练,他建议将琼斯送到游击队以指导他们的训练。他意识到他处在唐唐·麻酷特的监视之中,但他仍在坚持。为了回报美国重新派大使到海地,马吉欧医生被唐唐·麻酷特预谋射杀在出诊的路上。马吉欧医生为理想忠贞不渝,像烈士一样为信仰而死。马吉欧医生在临死前写给布朗一封信,恳求布朗不要放弃所有的信仰,不要做冷漠的旁观者。天主教徒和共产党员"没有袖手旁观,像既得优势的社会,冷漠不关心。"马吉欧医生"情愿双手染血,不愿如彼拉克端水洗手"。哪怕犯错,也不要采取冷淡的态度,"教会宣告暴力有罪,但更谴责冷淡。暴力可能是爱的表示,冷漠则绝对不是,前者是不完美的慈悲,后者是完美的利己主义。"(446)他恳求布朗:"如果你会抛弃一个信仰,请不要抛弃所有的信仰,你必能找到一个信仰来取代你失去的信仰,也许那原是同一个信仰,只是面貌不同而已。"(450)马吉欧医生为海地摆脱独裁、争取自由而战的斗士。

　　小菲立波是反对海地独裁统治的另一个代表人物。小菲立波是自杀的前福利部部长菲立波的侄子。小菲立波在天主教耶稣会受的教育上过巴黎大学。在杜瓦利埃上台前,他和一群作家艺术家常常到布朗的饭店聚首。他大声朗读自己写的一些诗,写《恶之花》气味十足的诗篇,还自己出钱出版诗集,把诗集寄到法国各大评论杂志。和马吉欧医生一样,小菲立波也是在法国文化的熏陶下长大的。如果不是杜瓦利埃的暴政,小菲立波也许会成为不从事任何政治活动的诗人。由于菲立波的自杀,唐唐·麻酷特破坏菲力波的葬礼,这一切打碎了小菲立波的诗人梦,让他面对海地的现实寻找出路。

　　菲立波的葬礼被中断后,小菲立波发誓要找到"一颗银质的子弹。"(206)小菲立波认为他需要相当多的子弹,因为他要对付三个恶魔:杜瓦利埃、唐唐·麻酷特的头头和皇宫警卫队上校队长。小菲立波建立了一支包括约瑟夫在内的 12 人的游击队,而他宣誓反对杜瓦利埃的仪式是参加巫毒教,这标志小菲立波从法国的文化中挣脱出来,投入到海地的本土文化中来。"这个仪式本身是传统和新宗教,巫毒教和天主教的合成。"①参加完巫毒教的仪式后,在小菲立波的带领下,袭击了一个警察局,打死一名警察,作为对抗独裁政府的开始。小菲立波实现了他的一个目标,射杀了唐唐·麻酷特的头头——恐卡萨上尉。"突然一响,够近够大声的,但也

---

① Maria Couto, *Grham Greene : On the Frontier : Politics and Religion in the Novels* (London: Macmillan, 1988), 181.

几乎迅雷不及掩耳的,我感觉到耳膜震动,而不是听到枪声爆炸。只见恐卡萨上尉往后一仰,似乎被无形的拳头击向后头,司机来了个倒栽葱,公墓的墙削了一小块弹到空中很久才又掉下来在路面上发出叮的一声。菲立波从破屋中走出来,后面跟着约瑟夫一跛一跛的。"(423)枪杀恐卡萨上尉是最痛快人心的,小菲立波也终于从诗人转变成为勇敢的游击战士。但小菲立波领导的游击队活动在海地和多米尼加之间的边境活动,急需武器弹药、训练和指导。这支游击队装备落后,人员又少,没有外援,因为没人卖给他们武器;也没有内助,因为海地的森林被破坏,海地的农民不能给他们提供食物。雪上加霜的是,设在太子港的联络站被摧毁,不能给他们提供情报。在这种情况下,他们的失败是注定的:遭到唐唐·麻酷特的围剿,损失了四个人,小菲立波的胳膊也摔断了。"快到队伍行尾的地方,我认出了菲立波。腰以上赤裸着,他用衬衫绑着手臂固定在腰旁边。"(440)小菲立波总结游击队失败的原因是没有武器。

《名誉领事》中描绘了普拉尔医生从疏离社会,到成长为革命者的典型形象,展示了人民从沉睡、觉醒到斗争的反对制度化暴力的过程。普拉尔医生是一个"流放"的人,普拉尔的"流放"即指地域意义上的流放,即生活国度的改变,普拉尔从巴拉圭迁到阿根廷的布宜诺斯艾利斯,又从首都迁到阿根廷和巴拉圭接壤的北部小城查科城。"流放"也指种族(或血缘)意义上的流放,即父母来自不同的血统或不同的种族,他的父亲是被流放到南美的英国人,母亲是西班牙后裔的巴拉圭人。"流放"也指心理和文化意义上的流放,普拉尔是混合的文化背景,既有英国文化的熏陶也有南美文化潜移默化的影响,他在两种文化中撕扯。小说开始于普拉尔站在查科城小小的码头上怀念父亲。在普拉尔 14 岁时,他的父亲由于积极投身于巴拉圭的解放运动,被逮捕入狱。这么多年过去,不知是在蹲监狱,还是已经被杀害。与父亲的分离成了普拉尔心中永远的痛,他回想父亲最后一封信,信中乐观、虚假的希望与残酷的现实形成巨大的反差。出于对父亲的怀念,普拉尔每隔十年都要重办父亲的英国护照。作为英国移民者的后裔,普拉尔一直在寻找归属感,寻找一个属于自己的地方。成为首都布宜诺斯艾利斯有名望的资深医生后,普拉尔从首都来到河畔小城巴拉那,那是普拉尔的出生地和普拉尔的父亲生活工作的地方。普拉尔并没有意识到他对父亲的爱有多深也没认识到对父亲为之献身的政治事业的敬仰,他只是隐约觉得这座小城"平和宁静而又不同寻常的象征","对于他的动机,无论是首都的朋友还是咖啡馆的熟人,几乎没有一个人能多少予以理解。"(3)普拉尔医生迁居来此有两个目的:为了贴近自己的父亲,逃离母亲的资产阶级的生活方式。"我离开布宜诺斯艾利斯的目的就是尽可能远离母亲。"(5)母亲在父亲被抓后,每天吃奶油松饼和法式夹心饼,而且还加上法式小甜饼,结果从一个美人变成一个胖子。"下巴重重叠叠,整个脖子上的肉都松弛地下垂着,肚子在黑色的衣襟上显现的轮廓很像是怀孕已久。"(63)和父亲不同的母亲对政治是漠不关心的,她不能理解她的丈夫对解放事业的传教士般的热情。"她不读报纸,也从来不听广播,而她最喜欢去的那家茶馆在事端多发的那些日子里也一直不关门。"(63)母亲具有中产阶级特有的对政治的冷漠。普拉尔生活在两个世界,一个是为政治献身的父亲的世界,一个是对政治冷漠的母亲的世界。对母亲的厌恶和对父亲的认同让普拉尔回到那个河畔小城,因为"普拉尔医生自己也无法准确地判断,使他受到影响而想回那座河畔小城的原因,究竟在多大程度上来自于这样一种感觉,即生活在那里,就是生活在自己出生地和父亲墓地所靠近的国家,至于在这个国家父亲是被关在某个监狱里还是埋在某一片土之下,这他就不知道了。"(4)他感觉到"有时候他觉得自己就像是一个守夜站岗的人那样,一直在等待着什么信号。"(4)所以当利瓦斯领导的游击队开始行动时,他下意识地收到这个信号并做出了回应。"这也许是最像我父亲的家的地方,所以我也被带到了这里。在贫民区里,我一直能意识到我在做着某一种他希望看到我在做的事情,"(187)对普拉尔来说,在贫民区里治病救人,怜悯、帮助、关心穷人正是渴求与父亲一样。普拉尔对穷人充满了同情,了解他们的生存状况:"下雨时虽然雨水没地方流,但是普拉尔医生知道得很清楚,住在这里的人要步行走一英里的路才能找到能喝的自来水。这儿的孩子—他给他们看过病—都由于缺乏营养蛋白而得了大肚子的鼓胀病。"(25)普拉尔从首都来到查科小城的贫民区和棚户区为穷人治病,象征天主教徒从圣坛走向为穷人服务。这响应了古铁雷斯的号召,"神学是第二个行动,第一个行动是对穷人担负起责任。"普拉尔认为远离富人和穷人在一起,帮助穷人实现解放,是他的责任。"每当我和我那些富贵的病人在一起的时候,我都觉得我背离了他的朋友,在帮助他的敌人。"(187)普拉尔的职业是医生,这让他有机会接触富人和穷人,但他对数百万穷人的困境尤为关心。因此,普拉尔远离富贵之人,接近和帮助穷人。

即便普拉尔同情父亲,愿意帮助穷人,他在政治上、宗教上和情感上都持冷漠的态度,是"冷漠无情的人"。对他来说,政治、宗教和爱情是一种他不愿承担责任的介入或担当。普拉尔声称:"我是对政治不感兴趣的,我感兴趣的只是医学。我跟我的父亲不一样。"(112)普拉尔虽然愿意为穷人治病救人,但那是出于职业的需要,和政治没有关系。在宗教上,普拉尔是不相信天主教的天主教徒。在情感上是一个不愿付出的人。对爱情,他也不愿承担责任:"'爱情'是一种他满足不了的要求,是他不愿承担的一种责任,是一种苛求。"(194)"哦,爱情!它从来都不是我能知道的一个词。"(264)普拉尔对克莱拉的爱是出于对克莱拉的怜悯和同情。如果说普拉尔从父亲那继承的对穷人的爱是概念上的和抽象的,那么对克莱拉的爱是在履行对穷人的爱,克莱拉是连接普拉尔和穷人的纽带,也是展现巴拉圭穷人生活的眼睛。普拉尔没有爱的能力,所以他嫉妒福特那姆有爱的能力。"我嫉妒是因为他爱她。就是爱这个平庸无味的蠢字,它对于我来说从来没有什么意义。"(291)普拉尔嫉妒福特那姆的爱,这种嫉妒也是一种情感,表明在感情上他已经介入。

　　普拉尔医生冒着危险给利瓦斯神父领导的游击队提供情报是由于下面两个原因:利瓦斯神父是普拉尔的好朋友,"要不是因为雷翁·利瓦斯的话,他是绝不会同意帮助他们的。就是这个雷翁,让他自从和母亲乘船出境后一直挂念着,就像是在怀念父亲那样。"(22)雷翁·利瓦斯具有和父亲一样的品质,让普拉尔对他念念不忘。另一个原因是利瓦斯许诺普拉尔的父亲在要求被释放的政治犯名单中;普拉尔帮助游击队也就是帮助蹲监狱的父亲。尽管普拉尔为游击队提供了情报,但利瓦斯的政治行为在他看来只是一种形式,并不具有实质意义。因此"对于他们的行动计划,他从来就没有信任过,听他们讲讲只是表示他的友好态度。当他询问发生了某一特殊情况后将采取什么行动时,他们无情的回答在他看来简直是一种儿戏。"(21)普拉尔不相信他们会真干出什么事来,"从来就没有一时一刻相信过,他们还会发展到真正采取军事行动的地步。"(21—22)普拉尔想当然地以为"一切都会按照惯常的方式处理—英国大使和美国大使将采取恰当的外交压力手段,查理·福特那姆将会在那天早上被放到某个教会里,然后自己回家呢? 同时,押在巴拉圭的十名犯人将获得自由—他自己的父亲甚至也有可能就在他们中间。"(109)普拉尔认识不到政治的残酷和荒诞,对政治抱有天真的幻想。

　　为了营救父亲,普拉尔参与了绑架美国驻阿根廷大使的事件。由于业余游击队经验不足,本来要绑架美国驻阿根廷的大使,不想阴差阳错,抓来了驻阿根廷巴拉那的英国名誉领事。由于名誉领事的分量不足,无论是阿根廷还是英国对此都反应冷淡,巴拉圭的元帅在度假,"不愿提及这件事情"。巴拉圭的总统"客居"英国,没办法对元帅施加压力。"美国人根本不管。"福特那姆是名誉领事,不是大使;是英国人,不是美国人,所以被遗弃了。游击队抓了个烫手的山芋,骑虎难下。为了营救福特那姆,普拉尔力劝有关当局采取措施营救领事,动员社会舆论迫使当局关注此事。普拉尔去英国大使馆找贝尔弗拉奇爵士,希望英国政府会为了人的生命而对绑架者让步。可爵士认为"如果他是商界巨贾,那所有的人都是会关心的,可问题就在这里啊,福特那姆只值这么小小的一杯啤酒!"(155)当局根本不把福特那姆的生命当回事。在无计可施的情况下,普拉尔邀请小说家萨维德拉博士在一封公开信上签名,希望能引起社会舆论的注意。萨维德拉对提议深表赞同,却不敢"贸然"从命,理由是医生起草的信文字太拙劣,若署名其上必坏了他一世美名。他可以重写一份,不过要给他时间。福特那姆性命堪忧,普拉尔心急火燎,萨维德拉还在这讲究措辞。劳而无功的营救让普拉尔"像是撞在了一睹无形的墙上,毫无反应。"①

由于福特那姆想逃跑被打伤,普拉尔去关押他的地方为他疗伤。却被利瓦斯神父告知"你已经被绑架,并受武力威胁被迫留在这里了。"(206)这是利瓦斯神父对普拉尔的第二次利用和欺骗。普拉尔和利瓦斯曾是学生时代的同学,但利瓦斯却向普拉尔隐瞒了他父亲的死讯,还以营救父亲为诱饵让他提供绑架情报。"你父亲是一年以前被打死的。他想要和另一个人一起越狱——一个叫亚基诺-里贝拉的人。"(201)面对普拉尔的质问,利瓦斯显得理直气壮:"是的,我很抱歉。这是真的。我以前没有能够告诉你。我们需要你的帮助。"(203)昔日的同学关系变成了利用和被利用的关系。另一个利用和被利用的关系也体现在普拉尔和佩来兹警长的关系上。普拉尔和佩来兹警长是朋友,但佩来兹警告普拉尔,"可是你要是还在里面搅和,那就得自己当心了。我会先开枪打你,然后再去给你送花圈的。"(200)这为后来事态的发展埋下了伏笔。当游击队的小屋被包围时,普拉尔觉着他和佩来兹有交情,想出去为游击队说情。利瓦斯阻止他说:"我怀疑佩来兹……他甚至连说话的时间都不给你。"普拉尔却回答道:"我想他会的,我们一直都是好朋友。"(290)对个人情感的执着让普拉尔走出了小屋,可迎接他的是不由分说的一粒子弹。具有讽刺意味的是,普拉尔这个最没有政治色彩的局外人,在抬腿走向介入的过程中被打死了,个人情感在强大的政治机器面前不堪一击。

即使被关押在小屋里,面临死亡的威胁,普拉尔仍意识不到他帮助游击队的动机,"人们以后可能会说他是步了他父亲的后尘,然而人们要是那样想的话就错了——那不是他自己的意愿。"(242)普拉尔没认识到对游击队的同情、对福特那姆的营救让他做出了牺牲。格林把名誉领事起名为福特那姆别有用意。福特那姆是英格兰人姓氏,表示四肢发达头脑简单的人。这个名字即表示福特那姆是英格兰人的后裔,也表明了福特那姆的性格。普拉尔一开始答应帮助利瓦斯领导的游击队,是为了营救在押的父亲。而在得知父亲已死在越狱的途中时,普拉尔还对游击队施以援手,这是因为普拉尔对生身之父的爱转到了被绑架的福特那姆身上。对普拉尔来说,福特那姆担当起替代父亲的角色,福特那姆成为普拉尔名义上的父

---

① 格雷厄姆·格林:《名誉领事》,杜争鸣译,南京:译林出版社,1999,译序:第4页。

亲。"他在说话时脑子里出现的面孔却不是他父亲的,而是查理·福特那的。……当他想把查理·福特那姆的脸换成他父亲的脸时,又觉得父亲的面容几乎已被流逝的岁月冲得无影无踪。"(189)福特那姆类似于他的父亲,是一个被囚禁的和他父亲一样年纪的英国人,普拉尔对福特那姆被困的状况深表同情,"他现在直直地躺在棺材上面——四天的胡茬子看上去已经像是长长的胡须了。"(247)普拉尔从信仰寄托在政治上的父亲转到信仰寄托在上帝身上的父亲,福特那姆成为他替代的父亲。在最后关头,普拉尔认同了父亲并和他和解,因为"他似乎一下子变成了他父亲的年龄,似乎他和父亲一样在监狱里度过了那么长的时间,似乎逃出去的正是他父亲。"(289)为了挽救父亲和像父亲一样的福特那姆,普拉尔勇敢地走出了小屋,却被无情地射杀了。福特那姆也同普拉尔和解,他把未出世的孩子起名为"我想我们可以叫他小爱德华多。你知道我也是有点儿依恋爱德华多的。他年纪轻轻,足可以做我的儿子。"(311)这和普拉尔的话相呼应"一个从年龄上说足以当我父亲的人。"(248)为了营救被关押的父亲,普拉尔为游击队提供情报;为了搭救像父亲一样的福特那姆,普拉尔献出了生命。

更为讽刺的是,他的死亡也被利用了。在萨维德拉的悼词中,把普拉尔描述成一个像神父一样的人,普拉尔"不辞劳苦地在贫民区治病救人,不计报酬——完全出于爱心与道义。"(297)明明是被佩来兹的伞兵射杀,却嫁祸于利瓦斯神父"你被一个丧心病狂的神父开枪打倒"(298),还假装为其鸣不平:"这是何等的悲剧啊!你为贫苦的人们如此辛辛苦苦的工作,却惨遭所谓的穷人卫士的毒手。"(297)嫁祸于利瓦斯神父有两个目的:讽刺神父代表的为穷人谋利益的虚假性,为佩来兹警长开脱罪责。普拉尔是半个英国人,他的死会引起驻阿根廷的英国大使馆的注意,若仔细追究此事,佩来兹警长不会逃脱干系。以佩来兹警长为代表的国家机器通过重新演绎普拉尔被杀的经过,轻而易举地打败了利瓦斯神父行动的目的。

从一个不问政事的医生到参与业余游击队的绑架到最终为此献身,普拉尔经历了从疏离到介入的过程。他无意识地在认同父亲,沿着父亲的足迹帮助穷人。为了营救在押的父亲,他参与到业余游击队的绑架活动中。为了解救穷人,父亲被逮捕入狱并最终死在狱中。普拉尔以父亲为榜样,为了解放穷人和被压迫者,献出了自己的生命。

马吉欧医生、小菲立波、普拉尔为代表的反抗人物抵抗制度化暴力的尝试都以失败而告终。马吉欧医生和小菲力波是深受宗主国文化影响的本土知识分子,知识分子阶层之所以会扮演先锋的角色是因为拥有双语的识字能力,或者应该说,他们的识字能力和双语能力。① 马吉欧医生留学法国,在法国巴黎夏登门下学医。小菲立波留学法国巴黎大学,主修法国文学。他们领导的革命按照欧洲工人阶级政党组织的模式精心构建殖民地民族主义政党,忽略唯一真正革命的被殖民群体的农民。但是,高度发达的工业资本主义社会与殖民地有着根本区别。按照欧洲工人政党的组织和斗争原则(以工人阶级为基本力量、以城市为斗争舞台)只能脱离反殖民革命独特的历史语境,忽略广大农村地区和占人口绝大部分的农民。因此,民族主义政党先天发育不良。他们领导的游击队只有 12 个人,根本就没有发动人民中的大多数—农民起来反抗,只是几个民族精英进行赤手空拳的战斗,其结果必定是失败。普拉尔经历了从疏离到介入,帮助穷人,为了解放穷人和被压迫者,最终反抗。但反抗的结果以失败告终。

第三节 反抗的出路——解放神学

在后殖民时期,反抗制度化暴力,抵抗第一世界的外来入侵,仅是以暴抗暴是不够的,更重要的是从思想意识方面唤起人民的觉醒。"这时,要致力于'一个破碎社会'的重建,以便像巴西尔·泰维森(Davidson,Basil)所说的那样,从殖民主义制度的压力下挽救和恢复社区的意识和事实,这又使得建立新的独立国家成为可能。……需要找到一个空前广泛的统一的意识形态基础。"②解放神学是从意识形态方面抵抗制度化暴力的一个有力的思想武器。格林的作品《喜剧演员》首次出现了解放神学思潮,随后在《名誉领事》中得到进一步具体展现。

20 世纪 60 年代在拉丁美洲教会中出现了要求将天主教神学理论同社会现实相结合的思潮—解放神学,这是一种激进的天主教神学理论。19 世纪拉美各国脱离了西班牙葡萄牙的控制后,长期处于独裁统治之下,摆脱一切奴役、争取彻底解放成为普遍的社会要求,解放神学正是在这种历史背景下出现的。该派神学家把马克思主义的社会经济分析作为解释圣经的原则,认为政治解放的根基,乃是从罪当中解放出来,强调耶稣是"解放者",并要求神学不仅要反思世界,而且要改造世

---

① 本尼迪克特·安德森:《想象的共同体:民族主义的起源与分布》,吴叡人译,上海:上海人民出版社,2016,第 112 页。

② 爱德华·萨义德:《文化与帝国主义》,李琨译,北京:三联书店,2003,第 298 页。

界,认为正是通过耶稣,才了解真正的解放是什么,该如何得到真正的解放。解放神学是指"源自拉丁美洲以及其他第三世界国家的神学运动,以穷人的运动和他们争取解放的努力为关注的焦点。"①解放神学乃是一种全新的方式,以穷人为起点,特别是第三世界的穷人,从神学的角度看,在他们挣脱压迫的奋斗中,神如何与他们同在。简而言之,解放神学是激进的天主教徒解放穷人的运动。解放神学的兴起和当时拉丁美洲的现实境况有密切的关系。战后的拉丁美洲各国人民外部遭受第一世界的新殖民主义的剥削和资本的奴役,饱受对外经济依赖之苦;内部承受独裁统治,深受剥削压榨之苦,由此造成拉丁美洲严重的贫富不均,穷人连温饱都无法保证。在这种形势下,天主教社会内部出现了改革动向,开始于梵蒂冈第二届大公会议(梵二会议),教皇保罗六世的社会通谕"人类进步"则要求形成一种所有人的发展的"整体发展"。于是密切关注民众苦难的神学家,以深入的现实了解和执着的信仰实践,逐渐认识到必须向造成贫穷的不公正社会结构和制度挑战。②

解放神学的诞生有两个标志:一个是 1968 年召开的麦德林会议。1968 年,拉丁美洲天主教的主教们在哥伦比亚的麦德林(Medellin)开会,掀起了一次神学革命。这些主教震惊了全世界,因为他们宣称,教会过去与拉丁美洲的统治者保持联盟关系是不应该的;他们又形容那块地方是以"政权暴力"欺压人民。这次会议常被人视为"解放神学"的开端。③ 另一个标志是 1971 年古铁雷斯(Gustavo Gutier-rez)《解放神学》(Theology of Liberation)一书的出版。古铁雷斯是一位秘鲁的神父兼神学教授,解放神学的著名代表,被誉为解放神学之父。《解放神学》是公认的解放神学奠基之作,他从穷人的立场和实践的角度对神学进行了新的阐释,系统论述了解放神学的意义。古铁雷斯认为"神学是第二个行动,第一个行动是对穷人担负起责任。"解放神学从理论上得到系统全面完整的阐述,这标志着真正理论意义上解放神学的诞生。

解放神学在特定历史阶段所形成的社会思潮,是基督教情怀与马克思主义在受剥削、受压迫和异化的拉丁美洲大地上的结合。它运用社会科学的成果,探索拉丁美洲社会问题的根源,认为资本主义结构及其体系是拉丁美洲受压迫、剥削的根本原因,并试图找到实现拉丁美洲解放的道路。④ 解放神学"把天主教神学和社会

① 葛伦斯、奥尔森:《二十世纪神学评价》,刘良淑、任孝琪译,上海:上海三联书店,2014,第 293 页。
② 钟伟良:"解放神学的意识形态问题",《学海》,2003 年第 6 期,第 63 页。
③ 葛伦斯、奥尔森:《二十世纪神学评价》,刘良淑、任孝琪译,上海:上海三联书店,2014,第 293 页。
④ 杨煌:《解放神学:当代拉丁美洲基督教社会主义思潮》,北京:中国社会科学出版社,2006,第 3 页。

主义原则结合起来,为改善穷人的生活状况而努力。"①解放神学从穷人受剥削、压迫的现实出发,代表穷人的利益,为他们的解放而斗争。解放神学基本上有四种类型:(1)革命者,以革命游击队的神父卡米洛·托雷斯为代表;(2)马克思主义者,以19世纪70年代早期智利的基督教社会主义党为代表,基督教社会主义党主要盛行于智利萨尔瓦多·阿连德政府浅见,但自1975年以后就没有多大影响;(3)社会平民派,以全拉丁美洲的成人教育计划、合作社、乡村改造为代表;(4)福音派信徒,以基层教会为代表,是拉丁美洲教会团体采用的最受欢迎、最有效的方式。②

格林最早出现解放神学思潮的作品是《喜剧演员》。作品人物小菲立波领导的游击队员英勇牺牲,神父为死去的约瑟夫、琼斯等人做弥撒。这位神父赞颂他们的英雄行为:"我们心里仍同情路见不平而拔刀相助的人。教会宣告暴力有罪,但更谴责冷淡。暴力可能是爱的表示,冷漠则绝对不是,前者是不完美的慈悲,后者是完美的利己主义者。"(446)这个布道拥护革命暴力,抵制袖手旁观。这位神父号召天主教徒参加反对压迫的政治行动中,即使这些政治行动有暴力倾向。正是在谴责冷漠、支持被压迫者反对压迫者的斗争中,天主教徒和共产主义联结在一起。马吉欧医生临死前写给布朗的信再次证明了这点,马吉欧医生是信仰马克思主义的天主教徒,"他代表反对专制的天主教徒和共产主义者的合作联盟—在拉丁美洲解放神学兴起时期。"③面对穷人和被压迫者遭受的苦难,马吉欧医生说:"天主教徒和共产主义者至少没袖手旁观,像一个既得优势的社会,冷漠不关心。我宁愿双手染血,不愿如彼拉多端水洗手。"(450)在一个不公正的社会里,宁愿采取暴力的方式,也不能袖手旁观。

解放神学的思潮在《名誉领事》中充分展开,描绘了天主教徒为反抗压迫、为穷人争取权力的斗争的图景。一批勇敢的神职人员重新解释教义,他们与国内的独裁统治抗争,投入游击队,投入民主潮流,成为拉丁美洲地区不可忽视的政治力量。他们信仰天主教,也赞成共产主义,祭坛上并排放的是《马克思全集》《圣经》和冲锋枪。④ 利瓦斯神父是解放神学思想武装起来的反对制度化暴力的代表。

① 迈克·亚达斯等:《喧嚣时代:二十世纪全球史》,大可等译,三联书店,2005,第499页。

② 原文作者:弗兰克·弗林,译编者:陈建明:《解放神学与拉丁美洲政治秩序》,《宗教学研究》,1993年第1期,第49页。

③ Michael G Brennan, *Graham Greene: Fictions, Faith and Authorship* (London and New York: Continuum, 2010), 119.

④ 沈安:《活跃的拉丁美洲解放》,《世界知识》,1989年第9期,第17—19页。

利瓦斯神父领导的以解放神学武装起来的业余游击队,拿起武器,反抗暴力。这个游击队以天主教徒的神职人员和信仰马克思主义的人组成,他们以解放穷人和被压迫者为目标,他们拿起武器和独裁的政府抗衡。"《名誉领事》中,第一次讨论解放神学是利瓦斯神父和福特那姆的对话,利瓦斯尽力向福特那姆解释第三世界运动的观点。"①利瓦斯神父是以卡米洛·托雷斯神父②(Camilo Torres)为原型塑造的。在拉丁美洲教会求变的过程中,下层教士成了变革的急先锋,特别是在穷人教区工作的神职人员日益激进,支持社会变革,甚至直接参加了革命武装斗争。托雷斯神父是他们的代表和象征。他不仅支持革命变革,而且于1965年亲自参加了全国解放军这一游击组织,进行革命武装斗争。不幸的是,他在1966年的战斗中牺牲。他对拉丁美洲基督徒产生了广泛的影响,被视为殉道者,成了基督徒投身解放斗争的象征。③

利瓦斯神父的一生为解救穷人而奔走呼号直至鞠躬尽瘁、死而后已。利瓦斯神父出生在上层阶级,他的父亲是亚松森有名的专门为富人打官司的律师,是巴拉圭最富有的资产阶级分子,也是斯特罗斯纳将军的支持者。利瓦斯神父的父亲是个"不错的律师,可是从来不帮没钱的诉讼人打官司,一辈子都在忠心耿耿地为富人服务,直到他死时为止。"(249)他的父亲也支持独裁,"我父亲每年都要向科罗拉多党交一大笔钱,所以斯特罗斯纳内战后上台掌权也没有给他造成什么麻烦。"(249)年少时的利瓦斯就显示出对资产阶级家庭出身的憎恶,喜欢家里的六个用人远超过自己的父母,对父亲的为富不仁和对佣人的同情促使他立下第一个誓言"成为佩里·麦森那种为了保护穷人和无辜者而无所畏惧的律师。"

憎恨资本主义制度对穷人的剥削和律师无力保护穷人的状况,利瓦斯放弃了律师的身份加入了教会成为神父。作为尽职尽责的神父,利瓦斯关心穷人疾苦。他无数次听穷人的忏悔,见证了一个又一个悲惨生命的苦痛挣扎,却只能在之后让他们高呼三声"阿门"作为宽恕。但大主教的神父对"穷人的什么事情都不管。"(219)他所鄙夷的贫富之差、权力之别在神职中并没有丝毫的改变,教会要么对贫穷和压迫漠不关心,要么和政府联手压迫人民。利瓦斯由此质疑自己的信仰:《福音全书》"里面讲的都是废话,至少在巴拉圭来说是废话。'卖出所有,赠与穷人'我

---

① Norman Sherry, The Life of *Graham Greene*: *Volume III*: 1955－1991.

② 托雷斯神父是哥伦比亚60年代著名的社会活动家。他认为基督教的本质是仁爱,但只有通过革命方能为大多数人谋得利益。这位被誉为革命神父的教士是拉丁美洲第一个投身武装斗争反对现制度的神父。1966年2月他在与政府军遭遇时遇难。

③ 杨煌:解放神学:《当代拉丁美洲基督教社会主义思潮》,北京:中国社会科学出版社,2006,第31页。

得把这样的话读给他们听，而与此同时，我们的大主教却和斯特罗斯纳一起在吃着专门从伊瓜祖买来的鱼，喝着法国的名酒。"(129)教堂对穷人的虚伪承诺和现实中大主教和凶残的独裁者联手剥削穷人形成鲜明的对比，天主教的虚伪、独裁者和美国的"援助"让人民无力反抗他们的统治。作为神父没有言论和行动自由，他们受到警察的监视，"耶稣会士们可以尽力而为，可是警察在监视着他们。他们的电话也有人窃听。如果发现谁是危险人物，就马上把他送到河对岸去。"(130)利瓦斯由于在一次布道中提到被开枪打死的托雷斯神父，"大主教于是不准我再传教。"(130)利瓦斯由此领悟到教会无力也不愿帮助穷人，"从来没有看到过有什么迹象说明我们的主插手过我们的战争或我们的政治。"(35)

教会的腐败和神职人员帮助穷人的无力让利瓦斯又一次失去了信心，出于对教会的失望和气愤，利瓦斯转而加入业余游击队，用暴力为穷人争取权利。"在一个错误的社会里，犯罪者是最诚实的人。"利瓦斯经历了继承父亲的职业—律师，到信奉上帝的神父再到使用暴力的革命者，每次的转变让利瓦斯越来越远离资产阶级的出身，投向为穷人争取利益的道路上来。这三次转变也体现了利瓦斯从律师到宗教到革命的蜕变过程。他力图将宗教和革命结合起来，以实现一个平等和人道的社会。

利瓦斯的第一次转变：对资产阶级的背叛，符合解放神学反对资本主义的要求，因为资本主义是导致拉丁美洲贫穷的根源，这次转变是彻底的。但利瓦斯第二次对教会的背叛是藕断丝连和纠缠不清的，让他的"种种痛苦纠结在一起，像正在打斗的蛇那样纠结在一起。"(230)无论是爱上帝同时反对教会腐败的宗教信仰，还是为帮助穷人采用的暴力，二者的出发点都是"挣扎着回到自己立志帮助穷人的初衷上来。"(23)同第一次与资产阶级彻底决裂不同，虽然利瓦斯离开了教堂，但他并没有放弃它。利瓦斯虽然决定成为一名革命者，但他又不能完全抛弃当普拉宗教，不能以政治的上帝代替宗教的上帝。普拉尔嘲笑利瓦斯离开了教会，"利瓦斯神父抬头看着他，眼睛里直冒火，像一条狗守着自己的骨头那样。"他反驳普拉尔说："我从来没有告诉过你我离开了教会。我怎么能离开教会呢？没有教会还能有什么呢？没有教会就没有这儿的贫民区街坊，就没有这间屋子。我们任何人只有一条路可以离开教会，那就是去死。"(228—229)尽管利瓦斯神父脱离了教会，参加了革命，但他的宗教幻想依然存在，"他是要用一个政治的暴力手段实现一个宗教理想"。[1] 尽管对教会愤愤不平，利瓦斯仍在心里为上帝保留了位置。

---

[1]　Paul O'Prey, *A Reader's Guide to Graham Greene* (London: Thames and Hudson, 1988), 132.

利瓦斯认为教会已抛弃了他和这个破败国家的穷人。利瓦斯依赖全能上帝的公正,但巴拉圭目前只有斯特罗斯纳的"法律和秩序"。在绝望中,利瓦斯认识到教会已抛弃了解放穷人的初衷,大主教和斯特罗斯纳联手压迫穷人,教会站在压迫者的一边。这种对教会的纠结体现在利瓦斯手中握着的抛来抛去的干豆子,这些干豆子像"像断了线的念珠的珠子。"(248)对利瓦斯来说,教会不只是他的宗教信仰,也是穷人赖以生存的精神寄托。如果离开了教会,他为穷人而战的信仰就没有了扎根的土壤。当普拉尔在烛光中看见利瓦斯时,利瓦斯像是"神学院一个腼腆的学生。"(26)普拉尔回忆起雷翁阅读各种各样的神学著作,"他甚至能够把三圣一体的概念用一种高等数学的形式有理有据的讲出来。"(114)当雷翁打鸡蛋时,他手指的动作让人想起圣坛上神父在圣餐杯上打碎圣体饼的情景。虽然利瓦斯违反教会的规定,和一个名叫玛尔塔的女人结婚了;但他像一个真正的神父准备为别人受苦,"我正是在用我的生命为他们冒险。"(219)由于斯特罗斯纳的军事独裁和对教会的管制,利瓦斯被迫离开教会,但无论从他的外貌、动作还是内心,他都无法摆脱神父的身份。

利瓦斯对所信奉的上帝已经不再是他在神学院的书本中学到的那个至高无上的上帝形象,他也不再相信"教会也和基督一样不会做错事。"在利瓦斯的思想里,甚至基督本人也成为有问题的,因为他只关注他的肉身,即使有人认为"他同时也就是上帝。"罗马人杀害他并不是因为他是上帝,而是因为他是一个普通的人,一个"拿撒勒的一个木匠。"利瓦斯认为这样的一个人不能"想到我们今天生活的世界会是个什么样子。"上帝"规定的守则只是对一个好人提出来的。"可现在的时代已经和基督生活的年代发生了巨大变化,作为有革命思想的神父,他看到了传统教会的不合时宜。"我们这儿的恺撒用的是凝固汽油弹和重磅炸弹—教会也生活在特定的时代。"而教会的作用是帮助人们摆脱疾苦,过上幸福的生活。

上帝是同时具有善恶两面的上帝。"我确信上帝的邪恶,但是我也相信她的善良。"和上帝的善恶两面相对应的是上帝分为白天和黑夜。"我所信奉的上帝不仅造就了所有的圣贤,而且也带来了所有的祸害。他只能是根据我们自己的形象创造的,既有白昼的光明面,又有黑夜的阴暗面。"(261)上帝既有"白昼的光明面",也有"黑夜的阴暗面"。利瓦斯羡慕亚基诺的共产党国家,因为"那是我们所能看到的就只有善良的上帝,只有他身上那种简单明了的光明面了。"(261)上帝不是纯粹的善的化身,所以"我相信上帝也在经历和我们一样的进化过程,但也许他遭受的痛苦比我们遭受的更深重。"(262)利瓦斯相信"上帝的进化也取决于我们自己的进化。我们的每一次邪恶的行为都是对他身上的阴暗面的加强,而每一次善行都有助于他的光明面。"(262)善恶并存的上帝形象为他看到的教会腐败("大主教和斯特罗斯纳在一起吃饭")提供了解释,也为他枪杀清白无辜的福特那姆提供了借口。普拉尔谴责利瓦斯要杀死无辜的福特那姆,因为这违背了《十诫》中不许杀人的戒律。利瓦斯回答说:"要是我枪杀他的话,那不仅是我的过错,也是上帝的过错。是上帝让我变成了现在这个样子;是他让我子弹上膛,双手不抖。"(253)利瓦斯认为一个圣人的话他就只需要祈祷,可是他却要带上手枪。利瓦斯认为他这样做的目的是"在我们的帮助下永远撕下他那邪恶的面具。"(263)

对善恶并存的上帝感到失望,利瓦斯转向为穷人谋解放的马克思主义是第三次转变,"我感到自己现在对基督教的兴趣还不如对马克思主义的信仰那么强烈,《圣经》也不比《资本论》更容易读懂。"(252)利瓦斯神父随身携带的"宝物"是一只手枪和一本破破烂烂的文件夹。为抵制斯特罗斯纳的独裁统治,解救在押的政治犯,利瓦斯神父加入游击队。而这个业余游击队是由"一个失败的诗人,一个被解除教职的神父,一个虔诚的女人,还有一个只会哭的人,"(269)外加两个穷人组成。利瓦斯听命于一直未露面的"老虎","在我们宣布了绑架事件后,一切联系都中断了。"因为"只有这样,我们要是被捕的话才没有什么可说的。"(206)即便"老虎"抛弃了他们,利瓦斯也坚持死守到"老虎"订的期限,因为他认为"这也可以杀鸡给猴看。也许,对待我们以后的威胁,他们就必须当一回事了。这是进行持久战过程中的一个小小的胜利。"(31)而马克思主义者亚基诺不同意听从老虎的命令,主张杀掉名誉领事,然后立即撤离。在这之前,名誉领事想逃跑,被亚基诺开枪打坏脚踝。亚基诺认为暴力是革命的一部分,暴力是推翻资本主义制度的有效方式。信仰马克思主义的亚基诺不相信上帝,他嘲讽利瓦斯:"我们还准备把你当作真正的马克思主义者呢!上帝当然是邪恶的,上帝是资本主义者。把财富储存在天堂——这就会给他带来百分之百的利息。"(260)立场坚定的亚基诺和徘徊在革命和天主教信仰之间的利瓦斯神父的对比,突出利瓦斯的犹豫不决,以致给游击队带来了被包围、被射杀的命运。

为了帮助穷人,利瓦斯放弃为资产阶级服务的律师,加入神职。也是为了帮助穷人,利瓦斯放弃神职,投身革命。虽然利瓦斯和教会分离,然而现实却是:比起一个业余的游击队队长,穷人们似乎更需要一个听他们忏悔、为他们做弥撒的神父。格林通过利瓦斯妻子玛尔塔将这一讽刺性的矛盾揭露出来。玛尔塔是个穷人,一直称呼利瓦斯为"神父"而不是丈夫。在玛尔塔的称呼里有悖论:如果利瓦斯是神父,他就不能娶玛尔塔为妻;如果利瓦斯是玛尔塔的丈夫,他就不能做神父。玛尔塔尊敬的利瓦斯是"你穿得整整齐齐地走上圣坛,对着俺大伙儿,为俺祈福,神父。"

(220)玛尔塔恳求利瓦斯为贫民区瞎眼老人何塞的妻子做弥撒,出于对游击队成员安全的考虑,利瓦斯拒绝了这个请求,玛尔塔不能理解此事。利瓦斯用生命为穷人冒险,却得不到包括妻子在内的穷人的理解和支持,这多少让利瓦斯有苦难言。

被伞兵包围,玛尔塔第二次请求利瓦斯为同伴们做弥撒,"可怜的迪埃格,何塞的妻子——我们所有的人,我们都需要你替我们向上帝讲话。"(259)为了弥补对妻子的亏欠,利瓦斯同意做弥撒,"这些年我给你做的事情太少了。你给我的是爱,而我所给你的一切却是那么多的危险,给你泥土地板让你睡觉。"(259)普拉尔却不以为然,认为利瓦斯在愚弄他们:"你这是在玩弄他们,就像你玩弄那个杀害了他妹妹的小男孩那样。"(259)普拉尔大声疾呼,不要再相信上帝,抛弃信仰吧。"要是我们能不再信奉那个坐在五里云中天堂宝座上的吓人的神灵,这难道不比单相思地去爱他更好吗?"(259)宗教是人民的鸦片,而人民宁愿受其愚弄。但利瓦斯认为"有些人是命中注定要有所信仰的,这就像他们被判官判入监狱一样。他们别无选择,别无出路,他们生活在人生的监狱中。"(259)利瓦斯也从来不承认他离开过教会,他"只是和教会分居了,是双方一致同意分居的,而不是离婚。我永远也不会完全属于任何别的人,就连玛尔塔也不例外。"(251)以《圣经》为代表的西方宗教并不能拯救拉丁美洲,这是利瓦斯和教会"分居"的原因;但利瓦斯和教会不能"离婚",于是一个矛盾的神父:"一边想着杀人,一边做弥撒"。

利瓦斯反叛教会,又对教会的改良抱有幻想。投身革命组织游击队,又不能赞同和实施游击队主张的暴力。利瓦斯持枪欲杀掉名誉领事福特那姆,可面对福特那姆时,他又下不了手。为了让福特那姆"稍微有点准备","岔开心思",利瓦斯提出福特那姆向自己忏悔并对他诵完了赦免词。利瓦斯纠结在宗教的善和革命的暴力中,不能自拔。在真要去杀一个无辜的人时,利瓦斯退缩了。他对普拉尔坦白:"我是连老鼠都不能杀的。""我天生就不是杀人的料子。"(293)在普拉尔被射伤后,利瓦斯对普拉尔充满了悔恨,希望得到原谅:"对不起—我恳求能得到原谅……"(293)利瓦斯和普拉尔的角色互换了,利瓦斯成为忏悔者,普拉尔担当起神父的角色,对他说:"人当自行赦免。"利瓦斯从赦免别人的神父变成了希望被别人宽恕的人。利瓦斯神父死后,活着的福特那姆说:"神父是一个好人。"(302)

利瓦斯的第二次转变是藕断丝连的,他的第三次转变也是不彻底的:他企图用暴力的方式解决问题,但又下不了手。利瓦斯是拉丁美洲的解放神学思潮武装起来的典型人物:他既是天主教徒,又信仰马克思主义,为解救穷人而斗争。利瓦斯和信仰马克思主义的亚基诺的结合是解放神学的另一个层面的结合,这两人联手解救在押的政治犯。

神父利瓦斯领导的业余游击队最终以失败结束,这表明独裁力量的强大和现实的不可穿透;更表明以激进的天主教神学理论——解放神学武装起来的人民把马克思主义的社会经济分析作为解释圣经的原则,认为政治解放的根基,乃是从罪当中解放出来,强调耶稣是"解放者",这些理论思潮在当时虽然是进步的,但仍然具有一定的局限性。解放神学仍然不是能够真正指引人民求得解放的正确理论,革命者虽然同情穷人和受压迫者,却不能发动穷人和他们站在一起进行战斗。利瓦斯意识到独裁政府和天主教存在的问题,但解放神学不能唤起人民的希望,不能指引人民获得解放,不能发动整个受压迫阶级起来斗争。解放神学在特定历史阶段所形成的社会思潮,既有进步性,又不可避免地存在局限性。

第三章 《人性的因素》中的种族暴力

他选择了另一种忠诚。——格雷厄姆·格林

种族暴力是指欧洲白人在殖民扩张的过程中,将一些假设或想象因素附加在某些非白人群体身上,并据此成为他们剥削、奴役、控制甚至杀害非白人的借口。《人性的因素》这部小说中,种族暴力体现为白人殖民者的压迫和黑人被殖民者的噩梦。为了抵抗白人对黑人的种族暴力,运用弗洛姆的爱的理论,卡萨尔倡导以爱的名义结束种族间的不平等。作者格林认为这种跨国界、跨种族的爱是解决种族暴力的弥合之道。

第一节 白色施暴

一、关于"种族暴力"

种族之别是人类自身在漫长的进化过程中形成的一种自然现象,属于生物学范畴。按照法国学者阿丽亚娜·舍贝尔·达波罗尼亚的考察,种族(race)一词源自意大利 razza,本意为"类别""种类",这个意大利词语本身又是拉丁语 ration 的衍生词,ratio 一词在中世纪时具有"后代、后裔、家系""血统"的含义。直到 16 世纪,种族一词指的是上下传承的世代和代际特征传承的连续性,它被用来称谓这个或那个王朝。[①] "种族是一种区分人类群体的方式。在生物学范畴,这一术语被译作'人种',即根据基因导致的遗传标记,结合地理、生态和形态(如肤色和体质特征)等因素,对人类群体进行科学分类。"[②] 按照英国学者雷蒙·威廉斯的解说,

---

① 阿丽亚娜·舍贝尔·达波罗尼亚:《种族主义的边界:身份认同、族群性与公民权》,钟镇宇译,北京:社会科学文献出版社,2015,第 16—17 页。
② 赵一凡等:《西方文论关键词》,北京:外语教学与研究出版社,2006,第 860 页。

"'race'这个词在现代社会、政治意涵里的暧昧性是导致它产生负面影响的因素之一。在族群的分类中,这个词一直被用来贬低非我族类的不同群体。"①

在种族的基础上生发出 Racialism(种族主义),他最早出现在 1930 年。这两个带有敌意意涵的词(近来被简化为 racism 和 racist,总有敌意内涵),被用来描述支持种族优越或种族歧视者的言行。根据塔吉耶夫的观点,种族主义"表现为世俗化的产物,表现为非宗教的科学现代思想的产物。所根据的标准是:人由于其自然归属于价值不等的种族('进化度'不同),价值也不同,应当以不同的方式对待他们。"②有关种族主义理论的形成,主要是在人类起源这一根本问题的研究中对黑人、"红种人"(印第安人)等非白人进行种族优劣划分的结果。特别是 19 世纪中期,在欧洲民族主义空前高涨的社会氛围中,对民族特征永恒性的强调和对外进行殖民地瓜分的争夺,使西欧、北美的种族主义观念也日益强化。这一时期,种族主义观念最为昭彰的代表作是法国人戈宾纽的《论人类种族的不平等》。

种族主义从产生到实践,始终伴随着暴力恐怖活动。或者说,种族主义是通过暴力、恐怖行为加以推行的。种族暴力是指欧洲白人在殖民扩张的过程中,将一些假设或想象因素附加在某些非白人群体(有色群体)身上,并据此成为他们剥削、奴役、控制甚至杀害非白人的借口。

《人性的因素》中刻画的种族暴力主要指白人对黑人压迫、剥削和由此对黑人造成的伤害。"种族主义必定和征服有关,与压迫有关。"③利用肤色的不同从而给他们贴上不同的标签,从而实现一个种族对另一个种族的奴役和剥削,并让这些奴役和剥削显得合情合理、名正言顺。一个种族跨越在另一个种族之上,对他们有生杀予夺的权利,为一个种族对另一个种族的殖民提供理论支撑。种族暴力是一个种族歧视或压迫另一个种族时采用的暴力措施,主要包括政治上的"民族压迫"和经济上的"民族剥削",《人性的因素》中具体表现为白人殖民者的压迫和黑人被殖民者的反抗和噩梦两个方面。

二、种族压迫

南非的种族主义与后殖民时期白人侵略、压迫、剥削和掠夺黑人联系在一起。

---

① 雷蒙·威廉斯:《关键词:文化与社会的词汇》,刘建基译,北京:三联书店,2005,第 424 页。
② 皮埃尔—安德烈·塔吉耶夫:《种族主义源流》,高凌翰译,北京:三联书店,2005,中译版序,第 3 页。
③ 乔姆斯基:《世界秩序的秘密:乔姆斯基论美国》,季广茂译,南京:译林出版社,2015,第 130 页。

"种族主义必定和征服有关，与压迫有关。"①利用肤色的不同从而给他们贴上不同的标签，从而实现一个种族对另一个种族的奴役和剥削，并让这些奴役和剥削显得合情合理、名正言顺。一个种族跨越在另一个种族之上，对他们有生杀予夺的权利，为一个种族对另一个种族的殖民提供理论支撑。

《人性的因素》中白人殖民者对黑人被殖民者的压迫体现在政治、经济、教育等多个方面。

在政治上，南非殖民者颁布法令禁止不同种族的人混用公共服务设施。在约翰内斯堡一个垃圾遍地的公园，萨拉坐在为黑人专设的长凳上，卡萨尔转身去找为白人专设的凳子。厕所也分为白人保留的卫生间和为黑人保留的卫生间。火车的车厢也分白人和黑人。"我听见检票员就在隔壁车厢。我知道我走错车厢了，是给白人留的。"(209)。萨拉带萨姆去散步，走过高尔夫球场，被"一个显然是酒足饭饱的高尔夫球手高声叫他们从球场草地上走开。"(276)还喊萨拉是"托普西"。托普西是对黑人的侮辱性称呼，黑人没有权利踏足高尔夫球场。甚至连墓地也按种族埋葬。黑人死后，他们也只能去"他们自己的天堂"。天堂也是黑白分明的，即卡萨尔所说的"天堂也有种族隔离。"(187)

为了镇压黑人的反抗，南非殖民者颁布"镇压共产主义条例""暴乱集会法""反破坏法"等法令，禁止一切反种族主义的集会、罢工斗争。萨姆的生父是大学教授，在大学里被称为"汤姆叔叔"。因为反抗白人的统治，遭到逮捕和屠杀。卡森是"留在德兰士瓦省最早的一批党员之一"，因为"给实施《通行法》的秘密警察找了很多麻烦"(121)被投进监狱，并死在了狱中。因为怀疑卡萨尔为苏联传递情报，卡萨尔被迫流亡苏联。无论是黑人还是白人，只要敢于反抗白人的统治，就遭到无情的追杀。奥尼尔指出："最高的社会惩罚就是人身限制或肉体监禁，通过疼痛折磨、饥饿甚至死刑来达到惩处的目的。革命者、造反者、持异端邪说者、失足者、罪犯、甚至病人都可能遭到肉体上的惩处，因为他们必须为挑战社会的正统机制和既定原则付出身体上的代价。"因为萨姆的生父和卡森挑战南非的种族隔离，都遭到肉体的监禁和无情的掠杀。通过对他们肉体的惩罚来达到规训的目的。

南非殖民者用法律形式剥夺黑人和白人恋爱和通婚的权利。为了保证"白种人血统的纯洁"，南非白人政权在 1949 年通过了《禁止杂婚法》，该法规定白种人与其他种族通婚是非法行为。1950 年又通过了《不道德行为修正案》，禁止白人与非白人之间的两性关系，这是防止"血种混杂"的另一步骤。《人性的因素》中的萨拉

---

① Ibid,130.

是南非班图族女人，她和英国白人卡萨尔相爱，触犯了黑人和白人不能恋爱和通婚的法律。卡萨尔和萨拉分别受到迫害。卡萨尔被请到科尔内利乌斯·穆勒的办公室，在那里足足等了四十五分钟才见到穆勒本人。穆勒指责他和那位班图族女友的交往触犯了《种族关系法》；如果卡萨尔不是英国外交官，没有外交豁免权，卡萨尔就得蹲监狱了。对卡萨尔的处罚是卡萨尔被遣送回国。南非班图族女人萨拉就没有这么幸运了。如果没有卡森的帮助，萨拉的孩子萨姆会出生在监狱里，而萨拉很可能性命不保。

　　南非白人在许多方面歧视黑人。种族歧视是根据种族将人们分割成不同的社会阶层从而加以区别对待的行为。歧视指以真实的或假定的来源、归属、外表（体征的或社会的）或意见为依据，对个人或群体实行差别待遇。这意味着排除有些个体分享一些社会财富（住宅、就业等）。①

　　即便在文明和社会高度发达的英国，白人对黑人的歧视也依然存在。《人性的因素》中，萨拉在卡森的帮助下历尽千辛万苦逃到英国。如果说萨拉在南非受到的非人待遇是法律规定的，那萨拉在英国受到的种族歧视是根深蒂固的。虽然英国并没有实行种族隔离政策，但白人优越，黑人低人一等的观念根深蒂固。种族歧视表现在周围人对萨拉和她的儿子萨姆的态度和举止上。首当其冲的是萨拉的婆婆对萨拉和萨姆的态度和举止上。萨拉的婆婆住在"山墙很高的爱德华式的房子"，(124)对卡萨尔娶黑人女子萨拉做妻子颇有微词。卡萨尔一家每月去看望她一次，虽然下了火车离她住的地方只有半英里，卡萨尔的母亲每次都叫出租车来接他们，以免被周围的邻居发现她的儿媳妇萨拉是黑人。每次去拜望母亲给萨拉的感受是"像一个黑人应邀参加一个反种族隔离花园聚会一样受宠若惊。"(126)卡萨尔的母亲有种族偏见，对儿媳妇摆出高高在上的态度。"她转过一面白净而散发着薰衣草香味的脸颊让萨拉亲吻。"(127)不仅对儿媳妇，对肤色很重的萨姆也不理不睬。她总是按照自己的意愿为萨姆准备香草冰激凌，而不是萨姆爱吃的巧克力冰激凌。卡萨尔预感到他的双面间谍的身份会暴露，如果发生不测，请母亲做萨姆的监护人。但她以高龄为由不愿做萨姆的监护人，希望萨拉那边的亲戚会领养萨姆。卡萨尔质问："母亲，你自己是不是也有一点种族偏见？""我没有，亲爱的，我一点也没有种族偏见，只是也许我有点老派，有点爱国心。"(126)不仅卡萨尔的母亲不想做萨姆的监护人，卡萨尔也不能在大法官那儿给他找个监护人，因为"那些法官——你父亲总这样说——很多都是种族主义者。"(128)

---

　　① 皮埃尔－安德烈·塔吉耶夫：《种族主义源流》，高凌翰译，北京：三联书店，2005，第105页。

不止卡萨尔的母亲不能包容萨拉,萨拉周围的人也对她另眼相待。给萨姆看病的医生认为萨拉的家乡是愚昧、落后的,"你们那儿百日咳多吗? —— 我是说在家乡?"医生的那种高高在上表露无遗。卡萨尔离开南非后,在整个英国,她只认识卡萨尔的母亲、那个卖肉的、蔬菜水果零售商、图书管理员和萨姆的学校女教师。萨拉无法和他们交流,别人也不屑与她交往。

萨拉是黑人,她不能和卡萨尔一起出逃,因为肤色对比太明显。"要是一起走就有点儿明显了。我想移民局还不至于那么笨。"(288)因为萨拉是黑人,她无法为萨姆办护照,也无法追随卡萨尔到苏联。可以预见,萨拉无法获得去苏联的签证,她无法和卡萨尔团聚。萨拉的下半生将在苏塞克斯小镇度过,这里的居民对她恭敬有加而又非常宽容。但"恭敬比攻击更像一堵屏障。人在其生活中所希望的并非恭敬,而是爱。"(283)生活在小镇上的居民用恭敬围城的墙疏离萨拉。本来以为逃离了南非就可以过上种族平等的日子,但种族歧视无处不在,萨拉终生都无法摆脱肤色带给她的镣铐。

萨拉不仅受到周围人的歧视和排挤,也遭到来自官方的威胁和恫吓,卡萨尔的同事珀西瓦尔医生和南非殖民者穆勒是官方的代表。卡萨尔逃到苏联后,珀西瓦尔约萨拉在伦敦的饭店见面。珀西瓦尔的种族歧视表现在他对萨拉"友好"的威胁和把法律作为报复萨拉的手段上。他威胁萨拉,如果萨拉去苏联和卡萨尔见面,他就从萨拉的身边夺走萨姆。面对萨拉的质问:"你们杀了卡森。你们杀了泰维斯。而现在……"(290)珀西瓦尔的开脱之辞是:"这里面没有任何个人因素。"(291)珀西瓦尔认为杀死卡森、杀死泰维斯并不是出于个人因素,而是由于国家利益的考虑。萨拉在愤愤不平中怅然离去,到门口时她扭头看了看他,"身后窗户上的铁格子使他看起来像坐在警察局里的桌前。"(291)珀西瓦尔像坐在警察局的警察在审判萨拉,对萨拉做出"警告或提醒"。

穆勒是种族暴力的实施代表。穆勒是南非迫害黑人的白人,是情报机构的大人物,他有着"一张丝毫没有受过人性或宗教信仰折磨的脸,一张随时准备接受命令并立刻毫无异议的去执行的脸。"(111)穆勒既无人性也无宗教信仰,遵从职业的要求是他们共同的目标。珀西瓦尔和穆勒都自恃是高人一等的白人,把其他种族视为劣等种族。他们认为白人是优秀人种,是上帝的选民,是天生的统治者。穆勒是维护南非殖民者在南非特权的鹰犬走狗,他根本不把黑人当人看。穆勒迫害萨拉,因为萨拉和白人卡萨尔相爱;萨拉的行为触犯了《种族关系法》。如果不是在卡森的帮助下,萨拉逃离南非,等待她的将是监狱和在监狱中非人的折磨。穆勒把英国的殖民地南非看作是他的家乡,把南非黑人看作是白人的奴隶,把殖民地的白人看作是非洲大地的主人,自称是非洲白人。"我们在这儿生活了三百年。""我们自己是非洲人。"(113)言外之意,我们白人才是这片土地的主人,黑人要服从我们的控制;南非是白人的国土,白人在这块土地上一定要做主人。这种人颠倒黑白,"正是这种人——受过教育、知道他们在干什么的人——正在建一座地狱来对抗天堂。"(114)

由于肤色的差异导致白人对黑人的歧视和压迫,这种对肤色差异的论述在欧洲历史上存在已久,如伏尔泰到康德、黑格尔等哲学家,在他们的论述中都有过种族主义的观点。在他们看来,白人无论在智力、品性、能力等各个方面,天生就拥有优于黑人的特性。而黑人恰恰相反,他们天生就带有"污点"。正是由于这种污点,造就了白人的优越性和黑人的低贱性。① 白人对黑人的歧视,目的是为了不让黑人享有任何政治权利。这样,白人就处于高高在上的主人地位,黑人则只能低人一等,处于被歧视的地位。

南非殖民者在政治上剥夺黑人的权利是为了在经济上维护白人对黑人的掠夺。南非的矿藏资源丰富,除了黄金和钻石外,铂族金属、锰、钡、铬、钛、硅铝酸盐的储量占世界第一位,煤、铅居世界第五位。在冷战时期,由于南非在经济上是英国和美国最大的贸易伙伴,是美国战略矿产的主要供应地之一,因此英国、美国支持南非的种族隔离政策。他们担心南非的局势失控,由此导致由南非共产党或其他亲苏的组织掌权,从而失去这些战略资源的供应,在与苏联的战略竞争中处于被动和劣势地位。对白人来说,用"瑞摩斯大叔"消灭南非的黑人,确保英国和美国夺得南非的黄金、钻石和铀等矿藏,是至关重要的。"如果种族战争迫使南非金矿关闭的话,西方国家会受到什么影响? 这会意味着一场失败的战争,就像越南战争一样。在政治家们就用什么来代替黄金达成一致意见之前,俄国会成为黄金的主要来源国,这会比石油危机来得更加复杂。还有钻石矿……德比尔斯公司要比通用公司重要。钻石不像汽车那样会老化。还有比黄金和钻石更严重的方面,那就是铀。"(60)

南非殖民者还建立保留地和班图斯坦制度,剥夺黑人的土地。将非洲人赶进隔离区(班图斯坦,即"班图人"的保留地)。这些班图斯坦只占南非 14% 的土地,而非洲人却占南非总人口的 73.8%。1970 年,南非政府通过黑人家园公民身份法把多数的黑人移居到分散于南非共和国边陲地带的 10 个"班图斯坦"。通过这些法律,把黑人隔离在狭小的区域,那里称为南非的地狱,而白人则生活在南非的天堂。南非白人把黑人驱赶到边远、荒僻的地带,这些地带受着干旱、洪水、地震、畜疫的袭扰。在恶劣的自然条件下,黑人的居住条件极其恶劣。

---

① 皮埃尔-安德烈·塔吉耶夫:《种族主义源流》,高凌翰译,北京:三联书店,2005,第83—95 页。

为了掠夺黑人手中的资源,白人不惜采用非常手段消灭黑人。实施"瑞摩斯大叔"计划是种族消灭的一个环节。"瑞摩斯大叔"是指用"战略性核武器"维护南非的种族隔离政权的统治的计划,一个可能摧毁无数无辜黑人生命的计划。"瑞摩斯大叔"设想了南非种族问题的最终解决方案:倘若黑人反抗,在美国人、英国人和德国人的秘密默许下,战术原子弹将被使用。旱灾时的非洲"尸体横陈,秃鹫盘旋",可如果"瑞摩斯大叔"行动付诸实施,"秃鹫也将被辐射杀死。"(186)秃鹫以哺乳动物的尸体为食,象征着腐败与死亡。那里有秃鹫盘旋,那里就有死亡。但白人只从经济方面考虑"瑞摩斯大叔"行动计划,根本不考虑南非黑人的死活。

美国支持在南非实施的种族隔离政策,虽然美国"对非洲跟对亚洲一样无知,除了从海明威这样的作家那儿了解一点儿。他只能去参加旅行社安排的一个月的狩猎团,写一写白人猎手和射杀狮子的故事。"(185)但美国依然在南非安排了武器基地"美国在南非运作着一座导弹跟踪站和一座太空跟踪站,并拥有飞越领空权以维持那些基站的运转"。(185)英国、美国和南非的白人当局联手压迫南非黑人,目的是为了掠夺南非丰富的资源。

为了让黑人接受政治上无权利、经济上被剥削的事实,南非白人实行不平等的教育权。1953年的《班图教育法》在南非实行不同的教育体制。白人、非白人分别属于不同的教育部门,实行不同的管理体制。黑人即使在宗主国英国,同样受到歧视性的教育。当萨姆在英国上学时,他的噩梦就开始了。在满是白人的学校,黑人太显眼。萨拉希望在英国也有白人和黑人分离的学校。萨拉上的是"德兰士瓦省的非洲大学,那儿汤姆叔叔式的教授们总在培养危险的学生。"(117)

在殖民体系中,种族暴力实施的目的在于控制黑人,使其受制于帝国的暴力威慑并被迫地屈从于被殖民者的地位,从而为殖民者对殖民地展开肆意的掠夺创造条件。白人对非洲土著居民有生杀予夺的权力,是因为他们继承了这样一种信念:白人是上帝的选民,理所当然应该统治世界。这种想法允许英国白人侵略和统治本属非洲土著民族的土地和资源。"南非的种族问题是《人性的因素》中提出的重要的政治问题。"①

---

① Marie— Francoise Allain, *The Other Man: Conversations with Graham Greene* (London: Bodley Head,1983),104.

第二节　黑色的梦魇

南非的种族暴力给被殖民者造成了难以愈合的创伤,造成被殖民者精神和心理的极大伤害。种族暴力简直就是被压迫人种(有色人种),主要以黑人为代表的受压迫者黑人的梦魇,给其造成极大的心理恐惧,具体体现在萨拉和萨姆的噩梦、萨姆的恐惧心和仇恨心、"名誉黑人"卡萨尔对白人的恐惧。

萨拉是南非班图族女人,是遭受种族歧视的第三世界妇女。南非的种族暴力是为了保障白人的特权,使占人口绝大多数的黑人处于被奴役、被压迫和受歧视的地位。而其中的黑人女人受到的压迫更深重。这种无形的种族暴力造成了萨拉的心理恐惧。萨拉梦见自己被抓,卡萨尔和萨姆被留在月台上:"我在车站的火车里。火车开动了。你还在月台上。我只身一人。票在你那儿。萨姆跟着你。他好像不大在乎。我甚至不知道我们该上哪儿。"(209)萨拉在做这个噩梦时,睁着大眼睛,满脸恐惧,浑身发抖。黑白的烙印太深,无法抹去。

如果说萨拉受到的种族歧视是成人世界里的游戏,而种族歧视在萨姆幼小的心灵里埋下了仇恨的种子,无论何时何地都无法摆脱种族的烙印。可就是这么一个快上小学的黑人孩童,已深深浸染在种族歧视的淫威之下。在和泰维斯捉迷藏时,他认定泰维斯是个间谍,"他说到间谍,就像我们那时候的小孩说到神仙精灵一样。"(68)穆勒到卡萨尔的家中做客时,萨姆一连问了三个问题,"你会玩捉迷藏吗?""你和戴维斯先生一样是间谍吗?""你有毒气笔吗?"(119)无论卡萨尔和萨拉费尽心思将种族歧视的阴霾遮挡在萨姆的视野之外,但种族歧视的种子已在萨姆幼小的心灵中扎根发芽。

上预备学校的萨姆已尝到黑色带给他的苦涩的味道,心中充满了对上学的恐惧。萨姆放学归来,卡萨尔给他讲睡前故事。"萨姆正等着他,雪白干净的枕套衬着他黝黑的脸。"卡萨尔关切地问萨姆在学校怎样,萨姆的每次回答都是"挺好"。可"挺好"对卡萨尔来说,"都如同远处燃爆的炸药,那炸药正在摧毁他俩之间的桥梁。"(204)上学让萨姆从充满爱的家走向了黑白分明的社会,让萨姆认识到人有不同的肤色,也让卡萨尔触摸到他和萨姆的疏离,"卡萨尔知道他很快就要永远失去这个孩子了。"(204)萨姆最喜欢的一首诗是《有风的夜晚》(Windy Nights)。这首诗简述了一个神秘的骑马奔驰的人。萨姆认为这个骑马人不是像卡萨尔和穆勒一样的白人，而是黑人，让"所有的白人都吓坏"的黑人，因为他能慢慢地用雕刻刀割白人的喉咙。卡萨尔猛然认识到种族歧视的种子已在萨姆的心中生根发芽。"他以一个保护者的姿势搂住他，可他没有办法保护这个孩子不受他心灵中开始滋生的暴力与复仇的侵扰。"(208)

萨姆不仅生活在现实的种族歧视中，即便是在梦中，他依然被束缚在其中而不能自拔。萨姆经常做得一个梦是：卡萨尔和萨拉都坐火车走了，只留下他孤身一人在月台："在站台上有一个人——他不知道是谁——攫住他的手臂。"(21)这个梦显示了萨姆潜意识中害怕被抛弃，害怕被人捉住的恐惧心理。这个梦也反映出种族歧视的阴影已深植在萨姆幼小的心中。萨姆做噩梦是因为他，"很快要上预备学校了———一所白人学校。"(141)

即便萨拉和萨姆逃离了南非这个带给他们歧视的国家，但他们依然无法摆脱种族隔离的梦魇。那些无法逃离南非、无法摆脱种族隔离的黑人，他们的命运更为凄惨。萨姆的生父，一个大学教师和黑人活动家，死于和南非殖民者的对抗中。即便是为帮助黑人争取权利的苏联特工卡森也死在监狱。更多的南非黑人挣扎在死亡线上："这时卡萨尔的脑子里记起了一张闹饥荒的照片——一具小尸体伸直躺在沙漠上，一只秃鹫瞅着尸体。"(21)"濒死的孩子和秃鹫"(208)"在格林的天空中飞翔的大都是秃鹫，少有鸽子，甚至连麻雀都少见。"[1]秃鹫和死亡相连，更加凸显了黑人非人的处境。南非是一个双层巴士：白人生活在上层，而黑人生活在底层。占总人口 10％的白人，控制着南非的经济命脉，过着优裕的生活。占南非总人口80％的黑人，生活在贫穷之中。南非黑人在经济上受剥削，在政治上受统治。手中握有国家机器的南非殖民者可以各种借口拘捕、处死黑人。白人对黑人有生杀予夺的权利，而他们连反抗的权力都没有。年幼的萨姆生活在种族暴力的阴影之中，心中充满了对白人压迫剥削黑人的恐惧和仇恨。

种族暴力造成的心理恐惧不仅反射在萨拉、萨姆等黑人身上，"名誉黑人"的卡萨尔同样也遭受这种心理恐怖的折磨。即便卡萨尔安全地逃离南非，当他听说穆勒要来他们家中做客，卡萨尔的内心是忐忑不安的。卡萨尔在家中焦急、紧张地等待穆勒的到来，接连喝了三杯威士忌。当听到穆勒乘坐的汽车声时，卡萨尔"放下酒杯的时候，他发现自己的手因抓得太紧而发抖。"(113)南非的经历给卡萨尔留下了恐怖的阴影。卡萨尔还经常做噩梦，这些梦是"碎片拼成的梦"，"在夜里，卡萨尔会梦见由仇恨重建起来的南非。"(179)作为一个"名誉黑人"，卡萨尔也和他的妻儿

---

[1]　泰维·洛奇：《小说的艺术》，王峻岩等译，北京：作家出版社，1997，第175页。

承担一样的恐惧。萨姆、萨拉和卡萨尔的梦都以黑白色为基调,最终卡萨尔和萨拉的分离表明他们两人的噩梦预示事态的发展。卡萨尔的梦揭示他帮助非洲黑人的原因,因为他爱非洲,更爱生活在这片土地上的人们,他抨击把白人和黑人分开的种族隔离制度。

小说中种族暴力造成的心理恐惧体现在萨拉和萨拉母子身上,也体现在"名誉黑人"卡萨尔身上。无论是在南非还是英国,他们都无法摆脱种族的羁绊,无法摆脱肤色带给他们的标签,更无法摆脱种族暴力带给他们的伤害,对他们来说种族暴力就是他们的梦魇。

第三节 救赎之路——爱

反对种族暴力意味着要结束白种人剥削黑种人,结束黑人和白人之间的不平等,就要结束少数白种人对多数黑种人的统治,结束种族歧视和种族隔离的各种形式的暴力。《人性的因素》中没有提出解决种族暴力的先进的理论和有效解决办法。作品中借助卡萨尔任务的塑造意图说明用爱来反对种族暴力,实现白人和黑人两个种族的平等和谐相处。以爱的名义结束一切恶的或人类灾难的表现或原因,结束一切造成人类分裂和对抗的原因,包括由此带来的伤害和侮辱。[1]反种族暴力是纯粹的爱的规则的产物:仇恨仇恨,蔑视蔑视,排斥排斥。[2] 爱是消除种族暴力的一剂良方。弗洛姆在《爱的艺术》中提出,爱是对人类生存问题的回答,爱的本质是给予而不是索取,爱包括博爱、母爱、性爱、自爱、神爱等形式,但所有的爱都包括关心、责任心、尊重和了解等基本因素。《人性的因素》通过"爱"的多种形式展示其作为拯救社会的意义,这些"爱"的形式包括对亲人的关爱、对朋友的友爱和对人类的博爱等。在后殖民的种族暴力中,卡萨尔以"爱"的普世价值来对抗各自为营的支离破碎的生活,坚持用爱的情感来弥合种族间的伤害,寻求种族间的平等关系。

卡萨尔的爱首先体现在对家人的关爱上。亲情是人世间的纽带,给人以归属感。亲情包括母爱、父爱、夫妻之情和手足之谊。在《人性的因素》中,亲情对从事

---

[1] 皮埃尔—安德烈·塔吉耶夫:《种族主义源流》,高凌翰译,北京:三联书店,2005,第66页。

[2] Ibid,63,67.

间谍职业的卡萨尔尤为重要。作为在英国情报部门工作的置身政治漩涡的卡萨尔,也和傅勒、布朗和普拉尔一样,声称对政治是不感兴趣的:"我是无政治党派的"。(8)间谍的世界里充满了贪婪、出卖、背叛和谋杀等,是人性荒芜的地方。在这个人性荒芜的地方,卡萨尔把对萨拉的爱和对黑人的同情作为支撑他做双面间谍的动力。作为在情报机关工作了三十多年的特工,卡萨尔是个循规蹈矩的人,毫无成为"英雄"的任何特质。每天沿固定的路线上下班,三十多年在一家酒吧用午餐。"男人们每天去办公室挣他们的养老金,其背景很像其他任何职业(不管是银行职员还是企业经理)的,毫无危险地例行公事"①。

卡萨尔爱自己的第一任黑人妻子玛丽,爱黑人这个种族。当玛丽在"牛津街被呼啸而来的炸弹炸得粉身碎骨"时,他在里斯本执行任务,而"这种痛苦不亚于失去了独生孩子。"(130)。他为自己"没能保护她,没能和她死在一起"而遗憾终生。由于对第一任妻子的愧疚,卡萨尔加倍珍惜他和萨拉的情感。卡萨尔忠诚于他的妻子萨拉、她的儿子萨姆和萨拉在南非的族人。卡萨尔说他是"名誉黑人",(189)"当我爱上萨拉时,我就归化为黑人了"。(140)卡萨尔由于爱上萨拉,也把自己当成了"黑人",从而爱上了黑人这个种族。

卡萨尔和萨拉、萨拉的儿子幸福地生活在一起,"他们是格林小说中最幸福的一对。"②卡萨尔回到家中,没看见萨拉,会"感到一种虫噬般的焦灼。"(15)卡萨尔"用肩膀搂住她。他们的爱之深,正像那四倍分量的威士忌一般隐秘。"(17)卡萨尔向苏联传递关于非洲的情报是出于对萨拉和萨姆的爱。卡萨尔最大的梦想是"照顾萨拉和萨姆。看电影。在宁静中走向老年。"(139)和萨拉在一起,卡萨尔可以获得片刻的放松。和萨拉在一起,萨拉用名字而不是姓来称呼卡萨尔。"用他的名字称呼是一种爱的表示——当他们在一起时那是一种爱的邀请。表示亲昵的称呼——亲爱的、心爱的——是有众人在场时的日常用语,但叫名字是严格地属私人范围,绝不可向部族之外的人透露。"(77)卡萨尔和萨拉的爱超越了种族、肤色和国家的界限。

卡萨尔定期去拜访高龄的母亲,并对萨姆照顾有加。虽然卡萨尔和保守的母亲在种族、爱国等问题上有分歧,卡萨尔每个月仍要拿出一个休息日,带萨拉和萨姆去看望母亲。卡萨尔已觉察到危险在逼近,如果他和萨拉出现不测,拜托母亲照

---

① 格雷厄姆·格林:《逃避之路》,黄勇民译,上海:上海译文出版社,2014,第338页。

② Roger Sharrock, *Saints, Sinners and Comedians: The Novels of Graham Greene* (Burns & Oates; University of Notre Dame Press, 1984), 250.

顾萨姆。卡萨尔的父亲已过世,"是个多愁善感的人;他愿意不惜一切代价使自己幼小的儿子相信生活有其价值。"(64)父亲对卡萨尔的爱让卡萨尔也极力保护萨姆的天真,不受成年世界的腐蚀。卡萨尔娶萨拉时,他知道萨拉怀了别人的孩子,但卡萨尔仍把他视为自己的孩子,爱护他并负起父亲的责任。"我爱萨姆是因为他是你的孩子。因为他不是我的孩子。因为当我看他时我可以不必看见自己的影子。"(23)他给萨姆讲遗迹、龙的故事和他玩捉迷藏的游戏,意欲把萨姆的生活固定在童话般的世界里。但萨姆把龙想象成"坦克",把捉迷藏的游戏想成捉间谍的游戏。"他俩的想象空间缺乏联系。"(64)由此表明卡萨尔的父爱不能帮助萨姆抵御外部世界的侵蚀。当萨姆从疾病中恢复,卡萨尔"忽然觉得有一种要为萨姆的安全而感恩的愿望,""感谢其未令萨拉的孩子受无妄之灾。"(62)

其次,卡萨尔的爱表现在对朋友的关爱上。友爱是朋友之间无私的帮助、共同的分享和相互的依存。友爱是家庭之外的最重要的情感和关系。友爱可让人与人之间要越冷漠、疏离的藩篱。卡萨尔和泰维斯、丹特立的友爱是卡萨尔和这个世界联系的纽带。卡萨尔重视友情,善待身边的同事。丹特里上校负责情报机关的安全工作,同时也是不幸的、上了年纪的离婚者。他无论在工作还是在家庭中,都感觉无所适从,是一个孤独的局外人,是一个既定命运的囚徒。"他给人的印象似乎是困在牢房里的囚犯。他忧愁地凝望那难以企及的天空,得不到丝毫安慰。"(147)他的妻子因为他的工作离开了他,面对女儿他"总有一种若即若离的忧伤","如同一种负疚感。"(99)丹特里在女儿的婚礼上感觉是一个局外人。卡萨尔和丹特里有一种默契:他们两人都是珍爱家庭的人。卡萨尔由于工作的关系,结识了萨拉;也由于工作的关系,和萨拉永远地分开。丹特里由于工作的关系,永远地失去了妻子和女儿。个人情感在国家利益面前不堪一击。在此情况下,当丹特里请求卡萨尔陪他参加女儿的婚礼时,卡萨尔虽然不情愿,但还是答应了。"他很少能够抵制伤感的求援,不管那有多么含蓄。"(149)也正是由于和人性未泯的丹特里的友情,卡萨尔才有了出逃的时间。丹特里来到卡萨尔的家中,卡萨尔向他坦白泰维斯无罪、是被冤死的。"要是谁能从他的坦白交代中捞取到什么好处,他希望那人是丹特里。"(247)丹特里认识到卡萨尔是他们要找的双面间谍。但丹特里并没有立即向珀西瓦尔汇报,而是拖延了时间,让卡萨尔有逃走的时间。丹特里和卡萨尔之间的爱是一种对种族暴力的超越。

卡萨尔关爱他的同事泰维斯。卡萨尔和泰维斯同在一个办公室,他们会在一起野餐;卡萨尔的儿子非常喜欢泰维斯。泰维斯厌烦了枯燥无味的办公室生活,他想出国。卡萨尔帮他在领导面前表明泰维斯的意愿,希望泰维斯的意愿能达成。

泰维斯被毒死后,他去看泰维斯最后一眼,帮他把睡衣的扣子扣上。他默默地看最后一眼:"他很高兴他的面容没有丝毫痛苦。他把他的睡衣扣上,以遮住那空洞的胸膛。"(168)卡萨尔为泰维斯的死充满了内疚:"泰维斯死后的许多夜晚,卡萨尔的睡眠里都充斥着梦,碎片拼成的梦追逐着他到天明。"(179)即使卡萨尔身处险境,他仍不忘为泰维斯开脱,为泰维斯洗清冤屈,"泰维斯从来没有向任何人泄露过什么情报"。(244)对死了泰维斯的最后关爱体现了卡萨尔对爱的真诚。

卡萨尔不仅关爱他的同事,也关心在他手下工作的特工。在南非,当被穆勒"审问"时,他"想知道手下有多少特工收到了指控。"因为,"他自身相对的安全使他感到羞愧",认为"指挥官总要与手下将士同生共死以捍卫个人尊严"。(113)卡萨尔不是只顾自己逃命的指挥官,而是与手下将士同生共死的上级。卡萨尔对死于狱中的卡森痛心不已。如果不是卡森的帮助,萨拉和她的孩子可能会死在南非的监狱。卡森不仅帮助萨拉逃离了南非,还支持南非的黑人革命运动。"他走得太远了。他与游击队有牵连。从他的角度看他是个好人,很棒的宣传鼓动家。他当年给实施《通行法》①的秘密警察找了很多麻烦。"(121)由于卡森鼓动黑人和白人当局对抗,被捕入狱,最后死在狱中,由此表明南非殖民者对黑人革命运动的迫害。当听到卡森因肺炎死于狱中,而有可能是被南非情报机关处死时,卡萨尔充满了内疚和遗憾"现在他死了,没有听到我一句感激话就走了。"(137)

友爱把从事间谍职业的人联系在一起,使本来充满猜忌的同事关系蒙上了一层人性的光辉。友爱是关心没有血缘关系的人,是爱的一种延伸,从家庭延伸到社会的一种表现。

最后,卡萨尔的爱表现在对人类的博爱上。弗洛姆认为,博爱是构成人类一切爱的最基本形式的爱,是对所有的人都有一种爱意的责任感,有了这种责任感,他就会关心、尊重和了解所有的人,"博爱就是对全人类的爱"②。博爱能使全人类联合起来成为一个团结的整体,因为它"凝聚了人类的联合、人类的团结一致和人类的思想的一体化"③,虽然人与人之间存在着语言、肤色的差异,但博爱能让所有的人都感到彼此平等。博爱就是要对无助者、穷困者、陌生人以爱的关怀,它比爱自己的亲人更值得称道。博爱要求对他人的爱不是怀有某种目的的爱,它是不求回报的爱,"只有那些能达到不坏任何目的的、也不考虑其他利益因素而付出的爱的境

---

① 通行法即 Pass Law,规定黑人不能与白人同车、日落后不能滞留在白人居住的城市等。
② 埃里希·弗洛姆:《爱的艺术》,李健鸣译,上海:上海译文出版社,2008,第44页。
③ Ibid,44.

界,这样的爱才叫真正的博爱"①。对需要帮助的人产生同情是博爱的基础,对别人伸出援助之手,是博爱的具体表现。在对那些需要帮助的人产生同情的过程中,人开始发展他的博爱。博爱是爱那些需要帮助的人,爱那些虚弱和惶恐不安的生命。

卡萨尔帮助南非黑人是一种博爱。卡萨尔向苏联传递南非的情报,但他这样做并不是出于意识形态的需要,而是出于对南非黑人的爱和怜悯。"卡萨尔被迫'介入',拥护一边,并不是出于意识形态,而是出于个人原因。"②卡萨尔的这一思想在格林的《我们在哈瓦那的人》一书中的沃尔摩德身上就已萌芽:"我不会为我的国家杀人,我不会为资本主义或共产主义或社会民主或福利国家而杀,我杀卡特只因为他杀了海斯巴契。"③沃尔摩德为海斯巴契报仇,是出于对他的爱,和国家、资本主义、共产主义、民主、福利无关。同样道理,卡萨尔把非洲的情报泄露给苏联不是出于意识形态的原因。卡萨尔传递情报的动机并不是因为他信仰苏联共产主义事业,卡萨尔即不相信共产主义、也不是从事地下工作的共产党。卡萨尔告诉鲍里斯"我从不假装和你们有共同的信仰—我决不会成为共产主义分子。"(142)卡萨尔对共产党员霍利迪说"就算我们开一个世纪的车,你也没法让我信奉共产主义。"(262)卡萨尔这样做的是为了报答卡森的救命之恩,"我不相信什么马克思或列宁,正如我不相信圣保罗一样,但是难道我没有表达感激的权利吗?"(124)卡萨尔所做的是为了摆脱各种制度和主义的限制,能自由地选择生活。

卡萨尔给苏联泄露情报,是对国家和政府的一种背叛,是一种对人性之爱。卡萨尔不屑于效忠国家和政府,而承认自己可以算是个"持不同政见者。"在卡萨尔看来,"忠诚意味着忠诚于人性,忠诚于自己的爱,而不是忠诚凌驾于人性之上的国家体制。"④但在苏美对峙时期,每个个体都生活在"箱子"里面,每个人的政治命运都操纵在别人手里。卡萨尔选择了一条不同的忠诚之路:忠于个人,而不是忠于国家和主义。对卡萨尔来说,他忠诚于萨拉,忠诚于萨拉的儿子,他所爱的人就是他的祖国。卡萨尔向萨拉吐露事情的真相:他背叛了他的祖国,"我是通常被称作叛徒的。"萨拉一语点破卡萨尔行动的目的:"我们有自己的国家。你和我和萨姆。你从来没有背叛这个国家,莫瑞斯。"(223)无论卡萨尔做什么,他都是为萨拉和萨姆而

① Ibid,44.

② Paul O. Prey, *A Reader's Guide to Graham Greene*(New York:Thames and Hudson,1988),138.

③ 格雷厄姆·格林:《我们在哈瓦那的人》,吴幸易译,南京:吉林出版社,2008,第214页。

④ 王守仁,何宁:《20世纪英国文学史》,北京:北京大学出版社,2006,第78页。

做,为他所爱的人做出牺牲。对卡萨尔来说,人性、个人自由是生活中最终的价值所在,一切与此相抵触的东西都是可以弃之不顾的,他认为这是人的权利,也是人的人性所在。

卡萨尔不愿归属任何宗教、政党和主义,他只想寻找属于自己的天地。卡萨尔不相信上帝也不相信共产主义,"他希望能寻觅到一片永久的家园,一个他能够作为公民得到接纳的城市,做一个无须为什么信仰起誓的公民,没有上帝之城或马克思之城,这城市叫作'心之安宁'"。(125)卡萨尔认为他是个半信仰者,"有一段时间,我半信他说的上帝,就像我半信卡森的一样。也许,我天生就是个半信仰者。"卡萨尔信仰的变化表明卡萨尔从对宗教的信仰、对共产主义的信仰到对人道主义的信仰。"也许天生就是个半信半疑的人,当人们说起布拉格和布达佩斯以及如何在共产主义那里找不出一张人性的面孔时",卡萨尔保持沉默:"因为我见过人性的面孔——至少一次。"(124)卡萨尔见过人性的面孔一次,那是因为卡森曾帮助萨拉逃出南非。

对从事间谍职业的人来说,有爱有恨是危险的。"心怀仇恨是容易犯错的。和爱情一样危险。我具有双重的危险性,鲍里斯,因为我也有爱。在我们两边的部门里,爱都是一种过错。"(139-140)作为间谍,要无爱无恨,不带任何感情地接受和执行命令。卡萨尔对萨拉的爱让他和卡森走到了一起,卡森又把他指向了鲍里斯,"恋爱中的男人如同一个无政府主义者,怀里揣着定时炸弹走在人间。"(166)心中有爱的卡萨尔没有坚定的信仰,既不信仰宗教和上帝,也不信仰共产主义和马克思。他认为,唯一能够给人带来幸福的,"不是上帝之城,也不是马克思之城,而是心灵安宁之城"。而"心灵安宁"是用人性之爱来浇灌的。作为一个人,他无法抛弃正常的情感需要,他必须爱人,他必须得到爱,他无法忍受"被孤独地留在这个世界上"的处境。"因此对人来说最大的需要就是克服他的孤独感和摆脱孤独的监禁。"①

卡萨尔向苏方"递交辞呈"准备退休后,穆勒向他抛出了瑞摩斯大叔计划。这是一个用"战略性核武器"维护南非的种族格林政权的统治的计划,一个可能摧毁无数无辜的黑人生命的计划。瑞摩斯大叔计划是卡萨尔的"定时炸弹"。在泰维斯已死的情况下,继续传递情报,只能证明自己是间谍;停止传递情报,卡萨尔又同情南非无数将死的黑人。为了帮助南非的黑人,卡萨尔铤而走险"坐在那里写报告,他希望这是最后一次。显然,泰维斯的死使得非洲部的情报传递必须停止。如果

---

① 埃里希·弗洛姆:《爱的艺术》,李健鸣译,上海:上海译文出版社,2008,第9页。

继续有泄露，那么谁负其责便是不言自明的，可如果泄露停止了，其罪责肯定就归于死者了。"(169)卡萨尔很清楚：一旦把这份情报传递出去，越过这最后的界限，就再也回不了头了。"只有爱能使人为了挽救他人的性命而牺牲自己。"[1]最终，卡萨尔决定暴露身份传递情报。想到南非处于饥饿状态的孩子和无辜的生命，卡萨尔无法保持沉默。他的决定出于对穆勒的报复，出于对萨拉爱屋及乌地保护她的族人，更进一步说是出于对人类的博爱。

《人性的因素》作为一部爱的故事，获得成功。[2] 该小说意图刻画人与人之间的冷漠、残忍和种族之间的壁垒，需要通过爱去消除这种隔膜和壁垒。马丁·路德·金相信，要解决美国和整个星球所面临的种族问题，爱是"终极和唯一的答案"。面对一个抛弃了传统信仰的年代，爱是拯救，爱是融合不同种族的灵丹妙药，用"爱"的普世价值来对抗不同种族和国家之间的歧视和压迫。该小说传达了这样的理念：超越了种族和国界的爱是人类形成相互信任的关系的纽带，爱是与这个世界对抗的方式，是拯救人类的必备元素。

---

[1] 高亮之：《爱的哲学：这本书帮助你明白什么是爱》，杭州：浙江大学出版社，2011，第3页。

[2] 格雷厄姆·格林：《逃避之路》，黄勇民译，上海：上海译文出版社，2014，第341页。

结　　语

　　格林认为作为作家有两个责任,第一个责任是"正义的建立""同情的觉醒";第二个责任是"说实话",指"仔细和精确地刻画"他见到的事情。格林后期政治小说实践了格林作为作家的责任。

　　二战后,作为一名记者,格林访问了国际政治的许多热点地区,包括法越战争时期的越南,杜瓦利埃独裁统治的海地,斯特罗斯纳军事独裁的巴拉圭等第三世界国家。"这些采访使格林成为二战后英国首屈一指的外交事务和战地记者,同时也为他以后的作品提供了有价值的素材。"[①]从那以后,由于格林任记者时的旅行见闻和对第三世界的同情,宗教主题慢慢淡出他的写作,反映第三世界苦难生活的作品逐渐突显。格林认识到写作不能制止第一世界之间的相互争夺,也不能制止第一世界对第三世界的掠夺和压迫,更不能让第三世界的人民摆脱被奴役的状态。而他唯一能做的就是把这种被奴役的状态描述出来,作为对帝国主义列强的控诉和对被殖民地人民的同情和声援。

　　50 年代,国际政治格局发生重大变化,大英帝国逐渐衰落,美苏两极争霸世界,广大的亚非拉世界人民致力于国家独立、民族解放都和社会进步的斗争,这一切都引起了小说家格林的强烈关注和浓厚兴趣,并促使他创作了大量有关政治题材的小说。格林政治小说的背景是去殖民化的第三世界,在这种历史文化语境中,暴力是无法回避的问题。格林对政治的介入不是表现在振臂而呼或亲身投入斗争中去,而是以笔做武器,描绘冷酷的现实图景。"作家并非像他自己常常感觉的那样无能为力,笔像银弹,也能杀人。"[②]格林对第三世界的关注很早就产生。从 30年代以非洲旅行为背景的《没有地图的旅行》开始,格林 25 部长篇小说中有 17 部以英国之外的地域和文化为背景。失望于衰败的西方文明和衰落的英帝国,格林

---

①　何其莘:《格雷厄姆·格林》,《外国文学》,1992 年第 2 期,第 66 页。
②　格雷厄姆·格林:《逃避之路》,黄勇民译,上海:上海译文出版社,2014,第 309 页。

把搜寻的目光投向第三世界国家。正是在第三世界国家游历的过程中,格林认识到包括英国在内的西方列强对第三世界国家造成的剥削和压迫。格林激发出对第三世界国家普通民众的同情,勇敢地表现出对第三世界的关注和担忧,努力以客观的、中立的外来者视角来呈现真相。

以美国为代表的帝国主义国家不遗余力地在第三世界国家寻找代理人。在越南寻找第三方,在拉丁美洲扶植杜瓦利埃和斯特罗斯纳,支持南非的种族隔离制度,皆是帝国主义的后殖民主义的表现。帝国主义及其代理人的殖民暴力与本土人民的抵抗仍然是主要的社会政治矛盾。殖民暴力是殖民地独特的社会政治现象,主要包括文化暴力、制度化暴力和种族暴力。

《沉静的美国人》中的文化暴力即表现为对本国人民的愚弄,更体现为对入侵国人民的洗脑上。派尔是被愚弄的本国人民的代表,他满脑子被武装得水泄不通,一直到死都执迷不悟。对入侵国人民的洗脑体现在越南普通民众讲法语或英语,民族精英更是对西方文化亦步亦趋。傅勒无法忍受派尔对越南人民造成的伤害,和越盟联手杀死派尔。但派尔死后,傅勒又陷入自我谴责的泥潭。傅勒之所以自我忏悔,和他根深蒂固的殖民意识有关。傅勒一方面坚决抵制殖民,同时又不可避免地流露出反殖民主义意识。

《喜剧演员》和《名誉领事》中的制度化暴力体现为内在独裁,外在强权。为了抵抗制度化暴力,马吉欧医生、小菲力波和利瓦斯神父参与或组织游击队抗争制度化暴力。由于各种条件的限制,各种抗争都以失败告终。作者在作品中隐约传递出解决制度化暴力的出路是要依靠解放神学的信息。解放神学萌芽于《喜剧演员》,充分展开于《名誉领事》。解放神学体现在《名誉领事》中的一个组织游击队的利瓦斯神父。但无论是直接的暴力抵抗,还是被当作出路的解放神学,最后都失败了,表现了格林对人类未来的悲观意识。

《人性的因素》中的种族暴力体现为白人殖民者的压迫和黑人被殖民者的噩梦,以及作者意图借助塑造卡萨尔这个人物,来宣扬亲情、友爱和博爱等多种爱的形式弥合种族间的暴力。在黑白分明的南非种族社会里,格林以爱的普世价值来对抗异化的、非人道的现代生活,坚持用爱来抚平种族间的隔阂。

三种暴力之间相互交叉,互为表里。文化暴力和制度化暴力多是外部强加给的,种族暴力则是白色统治者施加黑色被统治者的。三种划分是为了研究的方便,实际上三者不存在截然不同的界限,而是交叉重叠错综复杂。在格林的作品中,对西方列强的外部殖民,格林也曾主张以暴制暴;对国家内部的种族暴力,作者意图以爱的形式予以化解。第三世界国家对抗帝国主义的文化暴力、制度化暴力和种族暴力的努力均以失败而告终,作者对第三世界国家政治、革命和前途等方面隐约流露出悲观的看法。格林期盼一个消弭了阶级、剥削和种族的社会,希望用爱来弥合各阶级、各种族的鸿沟和伤痕。

作为一个具有人道主义精神的作家,格林对殖民地的人民表现出了极大的同情。格林希望殖民地人民摆脱被剥削的状态,但每部小说黯然的结尾又表现出他矛盾的心态。格林既是 20 世纪重大事件的参与者,但同时他又是一个旁观者。虽然格林同情第三世界人民被殖民的悲惨境况,但他是作为一个西方人的角度加以观察的,他无法摆脱西方人的优越感。以暴力为主题的四部政治小说表现了格林殖民意识的变化。《沉静的美国人》体现了格林矛盾的殖民意识,格林既有反殖民意识,也隐约透露出亲殖民意识。但在后三部小说中,格林逐渐摆脱了亲殖民意识,成为坚定地反殖民的作家。

这四部政治小说也体现了格林变化的政治观。格林批判资本主义和殖民主义,赞同天主教和马克思主义的实验性融合,这些都体现了格林政治观的矛盾性、对立性和复杂性。格林关注第三世界的生存状况,他指出第三世界的生存状况是由西方霸权造成的,"第三世界是格林既不愿意使用也不愿意确证的词,"第三世界是"帝国主义、西方和超级霸权的牺牲品。"[1]但格林并不旗帜鲜明地支持或反对一方,他认为那样会限制他写作的自由。格林不效忠于任何政党或信仰,他认为只有这样才能真实地反映生活。

虽然格林的政治观飘忽不定,但格林在后期政治小说中以那些动荡不安的第三世界国家和地区为背景,记录第一世界对第三世界的剥削和控制,传达出格林对第三世界的关注和同情,却是不容置疑的。

格雷厄姆·格林后期作品密切关注第三世界的历史与现状,从不同侧面反映了第三世界的社会、政治、经济和人们的生存状态。二战后,第三世界国家摆脱殖民统治,走上了解放的道路。但获得了解放,并不意味着获得最终的政治、军事和经济的独立。摆脱了就殖民主义的桎梏,第三世界国家越来越受到新殖民主义的盘剥:经济凋敝、社会混乱、政府腐败、民不聊生。后殖民主义理论家弗兰兹·法侬曾经指出,这些殖民地国家的人民所处的现实依然是"食不果腹、目不识丁,他们被抛于水天之际,头脑空洞、眼神空虚"。[2] 第三世界的去殖民化并没有带来本质的

---

① Maria Couto,*Graham Greene:On the Frontier:Politics and Religion in the Novels*(London:Macmillan,1988),111.

② 罗钢,刘象愚:《后殖民主义文化理论》,北京:中国社会科学出版社,1999,第 278 页。

变革：西方殖民帝国依然掌握着第三世界的经济大权，第三世界依然处于被剥削被压迫的地位。经济困顿、政局动荡、各种暴力等问题在去殖民化的第三世界依然存在。第三世界的这些问题在格林的后期政治小说中得到了体现和思考。身处新旧殖民主义交替的历史时期，格林的作品反映了第一世界和第三世界之间殖民和被殖民的矛盾，第一世界对第三世界的压迫和剥削，第三世界对第一世界的抵抗和第三世界存在的问题。

格林虽然是西方人，但他后期的政治作品执著的关注着第三世界，他后期的创作反映的基本上都是非西方民族的生活，他对第三世界的文化与政治有着历久不衰的浓厚兴趣和深刻的洞察力。他的作品主要表现殖民主义对第三世界的影响：为什么第三世界的国家在获得独立后，他们的命运并没有根本的改观，而且有"恶化"的趋势。格林深沉地关注着这些国家的前途与命运，但他对第三世界国家在政治、革命和前途方面持悲观看法，这也是在他的作品中，第三世界国家对抗帝国主义的文化暴力、制度化暴力和种族暴力的努力均以失败而告终的原因。

参考书目

一、格雷厄姆·格林作品（Graham Greene's Works）：

1. Graham Greene, *The Man Within* (London：Heinemann；New York：Doubleday，1929).

2. Graham Greene, *The Name of Action* (London：Heinemann；New York：Doubleday，1930).

3. Graham Greene, *Rumor at Nightfall* (London：Heinemann；New York：Doubleday，1931).

4. Graham Greene, *Stamboul Train* (London：Heinemann，1932).

5. Graham Greene, *Orient Express* (New York：Doubleday，1932).

6. Graham Greene, *It's a Battlefield* (London：Heinemann；New York：Doubleday，1934).

7. Graham Greene, *England Made Me* (London：Heinemann；New York：Doubleday，1935).

8. Graham Greene, *Journey Without Maps* (London：Heinemann；New York：Doubleday，1936).

9. Graham Greene, *A Gun For Sale* (London：Heinemann；New York：Doubleday，1936).

10. Graham Greene, *Brighton Rock* (London：Heinemann；New York：Viking，1938).

11. Graham Greene, *The Lawless Roads* (London：Heinemann；New York：Viking，1939).

12. Graham Greene, *The Confidential Agent* (London：Heinemann；New York：Viking，1939).

13. Graham Greene, *The Power and the Glory* (London：Heinemann；New

York: Viking, 1940).

14. Graham Greene, *The Ministry of Fear* (London: Heinemann; New York: Viking, 1943).

15. Graham Greene, *The Heart of the Matter* (London: Heinemann; New York: Viking, 1943).

16. Graham Greene, *Why do I Write? London: Percival Marshall* (New York: British Book Centre, 1948).

17. Graham Greene, *The Third Man* (London: Heinemann; New York: Viking, 1950).

18. Graham Greene, *The Third Idol* (London: Heinemann; New York: Viking, 1950).

19. Graham Greene, *The End of the Affair* (London: Heinemann; New York: Viking, 1951).

20. Graham Greene, *Loser Takes All* (London: Heinemann; New York: Viking, 1955).

21. Graham Greene, *The Quiet American* (London: Heinemann; New York: Viking, 1955).

22. Graham Greene, *Our Man in Havana* (London: Heinemann; New York: Viking, 1958).

23. Graham Greene, *A Burnt—out Case* (London: Heinemann; New York: Viking, 1961).

24. Graham Greene, *In Search of a Character: Two African Journals* (London: Bodley Head; New York: Viking, 1961).

25. Graham Greene, *A Sense of Reality* (London: Bodley Head; New York: Viking, 1963).

26. Graham Greene, *The Comedians* (London: Bodley Head; New York: Viking, 1966).

27. Graham Greene, *Travels with my Aunt* (London: Bodley Head; New York: Viking, 1969).

28. Graham Greene, *A Sort of Life* (London: Bodley Head and Heinemann; New York: Viking, 1972).

29. Graham Greene, *The Honorary Consul* (London: Bodley Head; New

York：Simon and Schuster，1973）.

30. Graham Greene，*The Human Factor*（London：Bodley Head； New York：Simon & Schuster，1978）.

31. Graham Greene，*Doctor Fischer of Geneva or The Bomb Party*（London：Bodley Head； New York：Simon & Schuster，1980）.

32. Graham Greene，*Ways of Escape*（London：Bodley Head； New York：Simon & Schuster，1980）.

33. Graham Greene，*Monsignor Quixote*（London：Bodley Head； New York：Simon & Schuster，1982）.

34. Graham Greene，*Getting to Know the General*：*the Story of Involvement*（London：Bodley Head； New York：Simon & Schuster，1984）.

35. Graham Greene，*The Tenth Man*（London：Bodley Head & Anthony Blond； New York：Simon & Schuster，1985）.

36. Graham Greene，*The Captain and the Enemy*（London：Reinhardt Books； New York：Viking，1988）.

37. Graham Greene，*Reflections*（London：Reinhardt Books； New York：Viking，1990）.

二、格雷厄姆·格林评论（Selected Criticism of Graham Greene：Secondary Sources）：

1. Adamson Judith，*Graham Greene，The Dangerous Edge*：*Where Art and Politics Meet*（New York：St. Martin's Press，1990）.

2. Allain Marie — Franciose，*The Other Man*：*Conversations with Graham Greene*（London：The Bodley Head Ltd. ，1983）.

3. Allot，K. and M. Farris，*The Art of Graham Greene*（New York：Russell & Russell，1983）.

4. Atkins，J，*Graham Greene*（London：Calder & Boyars，1966）.

5. Baldridge，C. ，*Graham Greene's Fictions*：*The Virtues of Extremity*（Columbia，MO：University of Missouri Press，2000）.

7. Bergonzi，B. ，*A Study in Greene*：*Graham Greene and the Art of the Novel*（Oxford and New York：Oxford University Press，2006）.

8. Bloom，H. ed. ，*Graham Greene*：*Modern Critical Views*（New York：Chelsea House，1987）.

9. Boardman, G. R. *Graham Greene : The Aesthetics of Exploration* (Gainesville, FL: University of Florida Press, 1971).

10. Bosco, Mark. , *Graham Greene's Catholic Imagination* (Oxford; New York: Oxford University Press, 2005).

11. Brennan, M. G. , *Graham Greene : Fictions, Faith and Authorship* (London and New York: Continuum, 2010).

12. Cassis, A. F. , *Graham Greene : Life, Work and Criticism* (Fredericton, New Brunswick: York Press, 1994).

13. Cassis, A. F. (ed.), *Graham Greene : Man of Paradox* (Chicago: Loyola University Press, 1994).

14. Couto, M. , *Graham Greene : On the Frontier : Politics and Religion in the Novels* (London: Macmillan Press, 1988).

15. Dalm, R. E. , *A Structural Analysis of The Honorary Consul by Graham Greene* (Amsterdam: Rodopi, 1999).

16. Davis, E. , *Graham Greene : The Artist as Critic. Fredericton* (New Brunswick: York Press, 1984).

17. De Vitis, A. A. , *Graham Greene (revised edition)* (New York: Twayne Publishers; London: Prentice Hall International, 1986).

18. Diemert, B. , *Graham Greene's Thrillers and the 1930s* (Montreal and Kingston; London; Buffalo, NY: McGill—Queen's University Press, 1996).

19. Donaghy, H. J. , *Graham Greene : An Introduction to His Writings* (Amsterdan: Rodopi, 1983).

20. Donaghy, H. J. (ed.), *Conversations with Graham Greene* (Jackson London: University of Mississippi, 1992).

21. Drazin, C. , *In Search of The Third Man* (London: Methuen, 2000).

22. Duran, L. , *Graham Greene : Friend and Brother, translated by Euan Cameron* (London: Harpercollins, 1995).

23. Erdinast—Vulcan, D. , *Graham Greene's Childless Fathers* (New York: St. Martin's Press, 1998).

24. Erlebach, P. and Stein, T. M. (eds.) , *Graham Greene in Perspective : A Critical Symposium* (Frankfurt am Main and New York: Peter Lang, 1991).

25. Evans, R. O. and Webster, H. C. (eds.), *Graham Greene : Some Critical*

Considerations(Lexington,KY:University of Kentucky Press,1963).

26. Fraser,T. P. , *The Modern Catholic in Europe* (New York:Macmillan, 1994).

27. Fridman,M. J. , *The Vision Obscured : Perceptions of Some Twentieth — Century Catholic Novelists* (New York:Fordham University Press,1970).

28. Gale,Robert L. , *Characters and Plots in the Fiction of Graham Greene* (Jefferson,N. C. :McFarland & Co. ,2006).

29. Gallix,F. and V. Guignery (eds.), *Plus sur Greene : The Power and the Glory : The Sorbonne Conference* (Neuilly:Atlande,2007).

30. Gasiorek,A. ,"Rendering Justice to the Visible World: History,Politics and National Identity in the Novels of Graham Greene," *in British Fiction after Modernism : The Novel at Mid — Century*, eds. M. MacKay and L. Stonebridge (New York:Palgrave Macmillan,2007),p. 27—32.

31. Gaston,G. , *The Pursuit of Salvation : A Critical Guide to the Novels of Graham Greene* (Troy,NY:Whitston,1984).

32. Gordon, H. , *Fighting Evil : Unsung Heroes in the Novels of Graham Greene* (Westport,Conn:Greenwood Press,1997).

33. Greeley,A. , *The Catholic Imagination* (Berkeley:University of California Press,2000).

34. Hand,R. J. , *Adapting Graham Greene : Cinema, Television, Radio* (New York:Palgrave Macmillan,2001).

35. Hazard,S. , *Greene on Capri* (New York:Farar,Straus & Girousx,2000).

36. Henry,P. ,"Dostoevskian Echoes in the Novels of Graham Greene," *Dostoevsky Studies : Journal of the International Dostoevsky Society* 6,(2002):119 —33.

37. Hill,W. T. , *Graham Greene's Wanderers : The Search for Dwelling : Journeying and Wandering in the Novels of Graham Greene* (San Francisco:International Scholars Publications,1999).

38. Hill,W. T. (ed.), *Perceptions of Religious Faith in the Works of Graham Greene* (Bern and New York:Peter Lang,2002).

39. Hill, W. T. , *Lonely Without : Graham Greene's Quixotic Journey of Faith* (Bethesda:Academica Press,2008).

40. Hoskins, R. , *Graham Greene : An Approach to the Novels* (New York : Garland, 1998).

41. Hynes. S. T. (ed.) , *Graham Greene : A Collection of Critical Essays* (Englewood Cliffs, NJ : Prentice—Hall, 1973).

42. Islam, N. , *Graham Greene : An Inverted Humanist* (Dhaka, Bangladesh : Jahangirnagar University, 1987).

43. Johnstone, R. , *The Will to Believe : Novelists of the Nineteen—Thirties* (Oxford : Oxford University Press, 1982).

44. Kaur, S. , *Graham Greene : an Existentialist Investigation* (Amritsar, India : Guru Nanek Dev University Press, 1998).

45. Kellogg, G. , *The Vital Tradition : The Catholic Novel in a Period of Convergence* (Chicago : Loyola University Press, 1970).

46. Kelly, R. M. , *Graham Greene : A Study of the Short Fiction* (New York : Twayne; Toronto : Maxwell Macmillan Canada; New York : Maxwell Macmillan International, 1992).

47. Ker, I. , *The Catholic Revival in English Literature*, 1845—1961 (Notre Dame, IN : University of Notre Dame Press, 2003).

48. Kulshrestha, J. P. , *Graham Greene : The Novelist* (Delhi : Macmillan, 1997).

49. Kurismmootil, K. C. J. , *Heaven and Hell on Earth : An Appreciation of Five Novels of Graham Greene* (Chicago : Loyola University Press, 1982).

50. Lamba, B. P. , *Graham Greene : His Mind and Art* (New York : Apt Books, 1987).

51. Land, S. K. , *The Human Imperative : A Study of the Novels of Graham Greene* (New York : AMS Press, 2008).

52. Lewis, J. , *Shades of Greene : One Generation of an English Family* (London : Jonathan Cape, 2010).

53. Lodge, D. , *Graham Greene* (New York and London : Columbia University Press, 1998).

54. Malamet, E. , *The World Remade : Graham Greene and the Art of Detection* (New York : Peter Lang, 1998).

55. Maurois, A. , *Points of View : From Kipling to Graham Greene* (New

York:Fredrick Ungar,1968).

56. McEwan, N. , *Graham Greene* (Houndmills and New York: St. Martin's Press,1998).

57. Mesnet,M. B. ,*Graham Greene and The Heart of the Matter*:*An Essay* (London:The Cresset Press,1954).

58. Middleton,D. J. K. , *Theology after Reading*:*Christian Imagination and the Power of Fiction*(Waco,TX:Baylor University Press,2008).

59. Miller,R. H. ,*Understanding Graham Greene* (Columbia, SC: University of South Carolina Press,1990).

60. Miller,R. H. ,*Graham Greene*:*a Descriptive Catalog* (Lexington:University Press of Kenducky,1979).

61. Miyano, S. , *Innocence in Graham Greene's Novels* (New York: Peter Lang,2006).

62. Mockler,A. ,*Graham Greene*:*Three Lives* 1904—1945(Arbroath:Hunter Mackay,1994).

63. Mudford, P. , *Graham Greene* (Plymouth, England: Northcote House in association with the British Council,1996).

64. Meyers, J. (ed.), *Graham Greene*: *A Revaluation*: *New Essays* (New York:St. Martin's Prestos,1990).

65. Newman,J. H. , *The Essential Newman*,*edited by Vincent Ferrer Blehl* (New York:Mentor—Omega Books,1963).

66. Norman, E. R. , *Roman Catholicism in England*: *From the Elizabethan Settlement to the Second Vatican Council* (Oxford: Oxford University Press, 1985).

67. O'Prey Paul,*A Reader's Guide to Graham Greene*(London:Thames and Hudson,1988).

68. Osborne, K. , *Sacramental Theology*: *A General Introduction* (New York:Paulist Press,1998).

69. Pandit,P. N. , *The Novels of Graham Greene*:*A Thematic Study in the Impact of Childhood on Adult Life* (New Delhi:Prestige Books in association with the Indian Society for Commonwealth Studies,1989).

70. Pearce,J. ,*Literary Converts*(San Francisco:Ignatius Press,2000).

71. Pendleton, R., *Graham Greene's Conradian Masterplot* (New York: St. Martin's Press, 1996).

72. Petersen, G. W., *Graham Greene: The Aesthetics of Exploration* (Gainesville, FL: University of Florida Press, 1971).

73. Pierloot, R. A., *Psychoanalytic Patterns in the Work of Graham Greene* (Amsterdam and Atlanta: Rodopi, 1994).

74. Prasad, K., *Graham Greene, the Novelist* (New Delhi: Classical Publishing Company, 1982).

75. Pryce — Jones, D., *Graham Greene* (Edinburgh and London: Oliver & Boyd, 1963).

76. Radal, K. M., *Affirmation in a Moral Wasteland: A Comparison of Ford Madox Ford and Graham Greene* (New York: Peter Lang, 1987).

77. Rai, G., *Graham Greene: An Existential Approach* (Atlantic Highlands, NJ: Humanities Press; New Delhi: Associated Publishing House, 1983).

78. Rama Rao, V. V. B., *Graham Greene's Comic Vision* (New Delhi: Reliance Publishing, 1996).

79. Rawa, J. M., *The Imperial Quest and Modern Memory form Conrad to Greene* (New York: Routledge, 2005).

80. Roston, M., *Graham Greene's Narrative Strategies: A Study of the Major Novels* (Basinstroke and New York: Palgrave Macmillan, 2006).

81. Ryan, J. S., *Gleanings from Greeneland* (Armidale, NSW, Australia: University of New England Press, 1972).

82. Salvatore, A. T., *Greene and Kierkegaard: The Discourse of Belief* (Tuscaloosa: University of Alabama Press, 1988).

83. Schwartz, A., *The Third Spring: G. K. Chesterton, Graham Greene, Christopher Dawson, and David Jones* (Washington, DC: Catholic University Press of America, 2005).

84. Sharma, S. K., *Graham Greene: The Search for Belief* (New Delhi: Harman Publishing House, 1990).

85. Sharrock, R., *Saints, Sinners, and Comedians: The Novels of Graham Greene* (Notre Dame, IN: University of Notre Dame Press, 1984).

86. Sherry, N., *The Life of Graham Greene: Volume I: 1904 — 1939* (New

York：Viking，1989）.

87. Sherry，N. ，*The Life of Graham Greene*：*Volume II*：1939－1955（New York：Viking，1994）.

88. Sherry，N. ，*The Life of Graham Greene*：*Volume III*：1955－1991（New York：Viking，2004）.

89. Sheldan，M. ，*Graham Greene*：*The Man Within*（London：Heinemann，1994）.

90. Sinha，S. ，*Graham Greene*：*A Study of His Major Novels*（New Delhi：Atlantic Publishers and Distributors，2007）.

91. Smith，G. ，*The Achievement of Graham Greene*（Brighton：The Harvester Press；Totowa，NJ：Barnes & Noble，1986）.

92. Smith，J. L. ，*Traveling on the Edge*：*Journeys in the Footsteps of Graham Greene*（New York：St. Martin's Press，2000）.

93. Sonnenfeld，A. ，*Crossroads*：*Essays on the Catholic Novelists*（York，SC：French Literature Publications，1982）.

94. Spurling，J. ，*Graham Greene*（London and New York：Methuen，1983）.

95. Stratford，P. ，*Faith and Fiction*：*Creative Process in Greene and Mauriac*（South Bend，IN：University of Notre Dame Press，1964）.

96. Sykes，C. ，*Evelyn Waugh*：*A Biography*（London：William Collins & Sons，1975）.

97. Thomas，B. ，*An Underground Fate*：*The Idiom of Romance in the Later Novels of Graham Greene*（Athens，GA：University of Georgia Press，1998）.

98. Thomson，B. L. ，*Graham Greene and the PolitBics of Popular Fiction and Film*（Basingstoke and New York：Palgrave，2009）.

99. Timmermann，B. ，*The Third Man's Vienna*（Vienna：Shippen Rock Publishing，2005）.

100. Turnell，M. ，*Graham Greene*：*A Critical Essay*（Grand Rapids，MI：Eerdmans，1967）.

101. Vann，J. Don. ，*Graham Greene*：*a Checklist of Criticism*（Kent，Ohio：Kent State University Press，1970）.

102. Watts，C. ，*A Preface to Greene*（London；New York：Longman，1997）.

103. Webster，Harvey Curtis，*Graham Greene*：*Some Critical Considerations*

(Lexington: University of Kentucky Press, 1963).

104. West, W. J., *The Quest for Graham Greene* (London: Weidenfeld & Nicolson, 1997).

105. Whitehouse, J. C., *Vertical Man: The Human Being in the Catholic Novels of Graham Greene, Sigrid Undset, and Georges Bernanos* (New York: Garland Publishing, 1990).

106. Wilson, R. G., *Greene King: A Business and Family History* (London: Bodley Head and Jonathan Cape, 1983).

107. Wise, J. and M. Hill, *The Works of Graham Greene: A Reader's Bibliography and Guide* (London; New York: Continuum, 2012).

108. Wolfe, P., *Graham Greene: The Entertainer* (Carbondale, IL: Southern Illinois University Press, 1972).

109. Woodman, T., *Faithful Fictions: The Catholic Novel in British Literature* (Milton Keynes: Open University Press, 1991).

三、相关批评论证(Relevant Criticism and Theory):

1. Anderson David, L., *The Columbia Guide to the Vietnam War* (New York: Columbia UP, 2002).

2. Bentley Nick, *Contemporary British Fiction* (Edinburgh: Edinburgh UP, 2008).

3. Christie Clive, *The Quiet American and The Ugly American: Western Literary Perspectives on Indo—China in a Decade of Transition 1950—1960* (Wyoming Detroit Cellar, 1990).

4. Christie Clive (ed.), *British Fictions of the 1990s* (London: Routledge, 2005).

5. Bergonzi Bernard, *The Situation of the Novel, 2nd Edition* (London and Basingstoke: Macmillan, 1979).

6. Bergonzi Bernard, *Wartime and Aftermath: English Literature and its Background: 1939—1960* (Oxford: Oxford UP, 1993).

7. Bergonzi Bernard, *Exploding English: Criticism, Theory, Culture* (Oxford: Clarendon Press, 1990).

8. Bergonzi Bernard, *Reading the Thirties: Texts and Contexts* (London: Macmillan, 1979).

9. Berube Margery, *The American Heritage Dictionary* (New York: Bantan Dell, 2007).

10. Borovik Genrikh, *The Philby Files* (London: Little, Brown and Company, 1994).

11. Bradbury Malcolm, *The Modern British Novel*: 1878—2001 (Beijing: Foreign Language Teaching and Research Press, 2005).

12. Bradford Richard, *The Novel Now*: *Contemporary British Fiction* (Oxford: Blackwell Publishing, 2007).

13. Burgess Antony, *The Novel Now*: *A Student's Guide to Contemporary Fiction* (London: Faber & Faber, 1971).

14. Caute David, *Politics and the Novel during the Cold War* (London: Transaction Publishers, 2010).

15. Diederich Bernard, *Seeds of Fiction*: *Graham Greene's Adventures in Haiti and Central America*, 1954 — 1983 (London and Chicago: Peter Owen, 2012).

16. Donaghy Henry, J. (ed.), *Conversations with Graham Greene* (London: University Press of Mississippi, 1992).

17. Eagleton Terry, *Marxism and Literary Criticism* (Berkeley and Los Angeles: University of California Press, 1976).

18. Emerson Gloria, *Winners and Losers*: *Battles, Retreats, Gains, Losses, and Ruins from the Vietnam War* (London: Penguin, 1985).

19. Gilmour, Rachael and Bill Schwarz (eds.), *End of Empire and the English Novel since* 1945 (Manchester: Manchester University Press, 2011).

20. Gutierrez Gustavo, *Theology of Liberation* (Maryknoll, N. Y: Orbis, 1990).

21. Hayman Ronald, *The Novel Today*: 1967 — 1975 (Harlow: Longman fro the British Council, 1976).

22. Hazzard Sherry, *Greene on Capri* (London: Farrar Straus & Giroux, 2000).

23. Head Dominic, *The Cambridge Introduction to Modern British Fiction*, 1950—2000 (Cambridge: Cambridge University Press, 2002).

24. Hynes Samuel, *The Auden Generation*: *Literature and Politics in Eng-*

land in the 1930's(New York:Viking,1977).

25. Howe Irving,*Politics and the Novel*(New York:Meridian,1987).

26. Howe Irving(ed.),*Beyond the New Left*(New York:Horizon Press, 1970).

27. Hutcheon Linda,*A Poetics of Postmodernism:History. Theory,Fiction* (London:Routledge,2002).

28. Hutcheon Linda,*The Politics of Postmodernism* (London:Routledge, 2002).

29. Jameson Frederic,*The Political Unconsciousness*(London and New York: Routledge,1983).

30. Karl Frederick R. ,*A Reader's Guide to the Contemporary English Novel*(New York:Farrar,Stras and Girow,1972).

31. Knightley Phillip, *The Master Spy:The Story of Kim Philby* (New York:Alfred A. Knopf,1989).

32. Kort Michael,*The Columbia Guide to The Cold War*(New York:Columbia UP,1998).

33. Lodge David, *Evelyn Waugh* (New York:Columbia University Press, 1977).

34. Lodge David,*The Novelist at the Crossroads*(New York:Cornell University Press,1971).

35. Lodge David,*The Practice of Writing*(London:Penguin Books,1996).

36. Mackay Marina and Lyndsey Stonebridge(eds.),*British Fiction After Modernism:The Novel at Mid—Century*(Palgrave:Macmillan,2007).

37. Massie Allan,*The Novel Today:A Critical Guide to the British Novel* 1970—1989(London:Longman,1991).

38. Mesnet Marie—Beatrice,"Graham Greene,"*in The Politics in the 20th— Century Novelists* ,*ed. George A. Panichas*(New York:Apollo Editions,1974).

39. Piette Adam,*The Literary Cold War* ,1945 *to Vietnam*(Edinburgh:Edinburgh University Press,2009).

40. Piette Adam and Mark Rawlinson(eds.),*The Edinburgh Companion to Twentieth — Century British and American War Literature* (Edinburgh:Edinburgh University Press,2012).

41. Riley Morris, *Philby: The Hidden Years* (London: Janus Publishing House, 1999).

42. Speare Morris Edmund, *The Political Novel: Its Development in England and In America* (New York: Oxford University Press, 1924).

43. Spivak Gayatri, *In Other Words: Essays in Cultural Politics* (New York: Routledge, 1993).

44. Stevenson Randall, *A Reader's Guide to the Twentieth—Century Novel in Britain* (New York: Harvester Wheatsheaf, 1993).

45. Stevenson Randall, *The Oxford English History: The Last of England?* 1960—2000 (Beijing: Foreign Language Teaching and Research Press, 2007).

46. Thomson Brian Lindsay, *Graham Greene and the Politics of Popular Fiction and Film* (Basingstoke and New York: Palgrave, 2009).

47. Ward Stuart(ed.), *British Culture and the End of Empire* (Manchester: Manchester University Press, 2001).

48. Wellek Rene and Austin Warren, *Theory of Literature* (Harmondsworth, Middlesex: Penguin Books, 1963).

四、中文参考文献

(一)格雷厄姆·格林的小说

1. 格雷厄姆·格林:《沉静的美国人》,刘梵如译,上海:新文艺出版社,1957。

2. 格雷厄姆·格林:《喜剧演员》,丁贞婉译,台北:时报文化出版企业有限公司,1986。

3. 格雷厄姆·格林:《名誉领事》,杜争鸣译,南京:译林出版社,1999。

4. 格雷厄姆·格林:《人性的因素》,韦清琦译,南京:译林出版社,2008。

(二)格雷厄姆·格林的自传和回忆录

1. 格雷厄姆·格林:《我自己的世界:梦之世界》,恺蒂译,南京:译林出版社,2008。

2. 格雷厄姆·格林:《逃避之路》,黄勇民译,上海:上海译文出版社,2014。

3. 格雷厄姆·格林:《生活曾经这样》,陆谷孙译,上海:上海译文出版社,2012。

(三)格雷厄姆·格林研究文献

1. 安东尼·伯吉斯:《与格雷厄姆·格林一席谈》,吴劳译,《外国文艺》1982年。

2. 陈兵:《逃避·反抗·痛苦——评格雷厄姆·格林的〈布莱顿硬糖〉》,《外国文学》2003 年第 1 期。

3. 陈丽：《凝视下的沉沦：读格林《问题的核心》》，《英美文学研究论丛》2008 年第九辑。

4. 陈建国：《试论格林小说中的电影艺术表现手法》，《外国语》1988 年第 2 期。

5. 董乐山：《美国社会的暴力传统》，《美国研究》1987 年第 2 期。

6. [美]弗兰克·福林，陈建明：《解放神学与拉丁美洲政治秩序》，《宗教学研究》1993 年第 1 期。

7. 甘文平：《历史的真实和文学的洞见——评格雷厄姆·格林的〈沉静的美国人〉》，《山东外语教学》2011 年第 5 期。

8. 韩加明：《格雷厄姆·格林研究综述》，《外国文学动态》1999 年第 4 期。

9. 韩加明：《一部旨在打碎偶像的传记—评〈格雷厄姆·格林：内心敌〉》，《外国文学动态》2001 年第 3 期。

10. 何其莘：《格雷厄姆·格林》，《外国文学》1992 年第 2 期。

11. 胡亚敏：《误读的越南战争——论〈沉静的美国人〉及据其改编的两部电影》，《解放军外国语学报》2012 年第 5 期。

12. 蒋虹：《现代浮士德的悲剧—格雷厄姆·格林的〈权力与荣耀〉中人物比较》，《解放军外国语学院学报》2001 年第 3 期。

13. 潘一禾，房岑："矛盾但不对立——从《名誉领事》看格雷厄姆·格林的小说美学观"《浙江学刊》，2014，(2)：96－102。

14. 潘一禾，房岑："忠诚的困惑与背叛的美德——论格雷厄姆·格林的国际政治小说《人性的因素》"，《浙江大学学报》，2014，(7)：182－190。

15. 潘一禾："论格雷厄姆·格林的国际政治小说《喜剧演员》"《浙江社会科学》，2004，(8)：134－141。

16. 梅绍武：《格林和他的〈问题的核心〉》，《读书》1980 年第 3 期。

17. 沈安：《活跃的拉丁美洲解放》，《世界知识》1989 年第 9 期。

18. 王丽明：《格雷厄姆·格林宗教中的生存悖论》，《当代外国文学》，2010 年第 3 期。

19. 汪小玲：《地狱·炼狱·天堂——试论格雷厄姆·格林宗教三部曲中的人物主义》，《英美文学研究论丛》2001 年第二辑。

20. 温华：《格雷厄姆·格林长篇小说"宗教"主题初探》，《解放军外国语学院学报》2005 年第 3 期。

21. 夏宗霞："格雷厄姆·格林《沉静的美国人》中矛盾的殖民意识"，《外语教育研究》2016 年第 2 期。

22. 肖腊梅:《罪与爱的变奏曲——评格雷厄姆·格林的宗教四部曲》,《外语语言文学》2011 年第 1 期。

23. 伊·比·布兹:《第二次世界大战对英国文学的影响》,顾栋华译,《山东外语教学》1986 年第 1 期。

24. 张中载:《格雷厄姆·格林及其作品》,《外语教学与研究》1980 年第 3 期。

25. 张中载:《格雷厄姆·格林的人性观——读〈日内瓦的费舍尔博士〉》,《外国文学》1981 第 11 期。

26. 钟伟良:《解放神学的意识形态问题》,《学海》2003 年第 6 期。

(四)其他相关文献

27. [法]阿丽亚娜·舍贝尔·达波罗尼亚:《种族主义的边界:身份认同,族行与公民权》,钟镇宇译,北京:社会科学文献出版社,2015。

28. [澳]阿西克洛夫特·格里菲斯·斯蒂芬:《逆写帝国:后殖民文学的理论与实践》,仁一鸣译,北京:北京大学出版社,2014。

29. [美]埃里希·弗洛姆:《爱的艺术》,李健鸣译,上海:上海译文出版社,2009。

30. [美]埃里希·弗洛姆:《占有还是存在》,李穆译,北京:世界图书出版公司北京公司,2015。

31. [美]埃里希·弗洛姆:《人心:善恶天性》,向恩译,北京:世界图书出版公司北京公司,2015。

32. [英]安德鲁·桑德斯:《牛津简明英国文学史》,谷启楠等译,北京:人民文学出版社,2000。

33. [英]艾勒克·博埃默:《殖民和后殖民文学》,盛宁,韩敏中译,沈阳:辽宁教育出版社,1998。

34. [美]艾布拉姆斯:《镜与灯——浪漫主义文论即批评传统》,郦稚牛等译,北京:北京大学出版社,1989。

35. [美]艾布拉姆斯:《文学术语汇编(中英对照)》,吴淞江等译,北京:北京大学出版社,2009。

36. [英]乔治·奥威尔:《我为什么要写作》,董乐山译,上海:上海译文出版社,2011。

37. [英]巴特·穆尔—吉尔伯特等编:《后殖民批评》,杨乃乔等译,北京:北京大学出版社,2001。

38.［英］巴特·穆尔—吉尔伯特等编：《后殖民理论：语境 实践 政治》，陈仲丹译，南京：南京大学出版社，2004。

39.［美］本尼迪克特·安德森：《想象的共同体：民族主义的起源与散布》，吴叡人译，上海：上海人民出版社，2005。

40.［英］泰维·洛奇：《小说的艺术》，王峻等译，北京：作家出版社，1997。

41.［法］弗朗兹·法侬：《全世界受苦的人》，万冰译，南京：译林出版社，2005。

42.［法］福柯：《疯癫与文明》，刘北成，杨远婴译，北京：三联书店，1999。

43.［法］米歇尔·福梅：《规训与惩罚：监狱的诞生》，刘北成，杨远婴译，北京：三联书店，1999。

44.高亮之：《爱的哲学：这本书帮助你明白什么是爱》，杭州：浙江大学出版社，2011。

45.［美］葛伦斯，奥尔森：《二十世纪神学评介》，刘良淑，任孝淇译，上海：上海三联书店，2014。

46.［美］加迪斯：《冷战》，翟强，张静译，北京：社会科学文献出版社，2013。

47.［美］长和平：《冷战史考察》，潘亚玲译，上海：上海人民出版社，2010。

48.［美］汉娜·阿伦特：《极权主义的起源》，林骧华译，北京：三联书店，2008。

49.侯维瑞：《当代英国小说史》，上海：上海外语教育出版社，2001。

50.［德］霍布斯：《利维坦，黎思复》，黎延弼译，北京：商务印书馆，1996。

51.［德］霍克海默，阿道尔诺：《启蒙辩证法——哲学断片》，渠敬东，曹卫东译，上海：上海人民出版社，2006。

52.恺蒂：《话说格林》，北京：海豚出版社，2012。

53.［美］理查德·布利特等：《二十世纪史》，陈祖洲等译，南京：江苏人民出版社，2001。

54.［英］雷蒙·威廉斯：《关键词：文化与社会的词汇》，刘建基译，北京：三联书店，2005。

55.罗刚，刘象愚：《后殖民主义文化理论》，北京：中国社会科学出版社，1999。

56.凯蒂：《话说格林》，北京：海豚出版社，2012。

57.［英］肯尼思·米诺格：《政治的历史和边界》，龚人译，南京：译林出版社，2013。

58.［美］罗洛·梅：《权力与无知：寻找权力的根源》，郭本禹，方江译，北京：中国人民大学出版社，2013。

59.［美］迈克·亚达斯等：《喧嚣时代：二十世纪全球史》，大可等译，北京：三联书店,2005。

60.[英]梅森:《冷战:1945－1991》,于家驹译,上海:上海译文出版社,2003。

61.[意]尼科洛·马基雅维利:《君主论》,张亚勇编译,北京:北京大学出版社,2007。

62.聂珍钊:《英国文学的伦理学批判》,武汉:华中师范大学出版社,2007。

63.[美]诺姆·乔姆斯基:《世界秩序的秘密:乔姆斯基论美国》,季广茂译,南京:译林出版社,2015。

64.潘绍中:《格林短篇小说选》,北京:商务出版社,1988。

65.瞿世镜,任一鸣:《当代英国小说史》,上海:上海译文出版社,2008。

66.萨义德:《东方学》,王宇根译,北京:三联书店,1997。

67.[美]萨意德:《文化与帝国主义》,李琨译,北京:三联书店,2003。

68.孙哲:《权威政治—国际独裁现象研究》,上海:复旦大学出版社,2004。

69.[法]皮埃尔·安德烈:《种族主义源流》,高凌翰译,北京:三联书店,2005。

70.[法]乔治·索雷尔:《论暴力》,乐启良译,上海:上海人民出版社,2005。

71.[美]马克·亚当斯,彼得·斯蒂恩,斯图亚特·施瓦兹:《喧嚣时代:二十世纪全球史》,大可,王舜舟,王静秋译,北京:三联书店,2005。

72.[美]乔姆斯基,巴萨米安:《以自由之名:民主帝国的战争、谎言与杀戮》,宣栋彪译,北京:中信出版社,2016。

73.阮伟:《社会语境中的文本——二战后英国小说研究》,北京:社会科学文献出版社,1998。

74.阮炜:《20世纪英国文学史》,青岛:青岛出版社,2004。

75.石海军:《后殖民:印英文学之间》,北京:北京大学出版社,2008。

76.陶家俊:《思想认同的焦虑:旅行后殖民理论的对话与超越精神》,北京:中国社会科学出版社,2008。

77.王宁,生安锋,赵建红:《又见东方:后殖民主义理论与思潮》,重庆:重庆大学出版社,2011。

78.汪民安:《文化研究关键词》,南京:江苏人民出版社,2007。

79.王守仁,何宁:《二十世纪英国文学史》,北京:北京大学出版社,2006。

80.王岳川:《后殖民主义与新历史主义文论》,济南:山东教育出版社,1999。

81.谢为群,张军:《他们当过间谍:十三位世界著名作家的间谍生涯》,北京:中央编译出版社,2004。

82.徐世澄:《古巴》,北京:社会科学文献出版社,2003。

83. 杨煌:解放神学:《当代拉丁美洲基督教社会主义思潮》,北京:中国社会科学文献出版社,2006。

84. 于连,沃尔夫莱:《批评关键词:文学与文化理论》,陈永国译,北京:北京大学出版社,2015。

85. 约翰·加尔通:《和平论》,陈祖洲等译,南京:南京大学出版社,2005。

86. 张和龙:《战后英国小说》,上海:上海外语教育出版社,2004。

87. 张京媛主编:《后殖民理论与文化认同》,北京:北京大学出版社,1999。

88. 张顺洪:《英美新殖民主义》,北京:中国社会科学出版社,1999。

89. 赵重阳,范蕾:《海地 多米尼加》,北京:社会科学文献出版社,2009。

90. 赵一凡等:《西方文论关键词》,北京:外语教学与研究出版社,2006。

91. 赵稀方:《后殖民理论》,北京:北京大学出版社,2009。

92. 朱刚:《二十世纪西方文论》,北京:北京大学出版社,2006。

93. 朱立元主编:《当代西方文艺理论》,上海:华东师范大学出版社,1997。

94. 左高山:《政治暴力批评》,北京:中国人民大学出版社,2012。

附　　录　论文发表

1.《双面间谍:格雷厄姆·格林和金·菲尔比》,《世界文化》,2015/07,独立作者;

2.《格林后期政治小说解读》,《世界文化》,2014/07,独立作者;

3.《格雷厄姆·格林在中国》,《湖南工业大学学报》,2014/04,独立作者;

4.《分裂的格雷厄姆·格林》,《世界文化》,2014/01,独立作者;

5.《倒是无情却有情》,《长春理工大学》,2014/08,第二作者

6.《格雷厄姆·格林<沉静的美国人>中矛盾的殖民意识》,《外语教育研究》,2016/02,独立作者;

7.《"缺失的在场者"》,《世界文化》,2016/11,独立作者;

8.《人性的幽微之光》,《世界文化》,2017/03,独立作者。